小学館文庫

BANANA FISH ♯1

小笠原みく
原作／吉田秋生
脚本／瀬古浩司
監修／Project BANANA FISH

小学館

BANANA バナナフィッシュ FISH #1

＃01 バナナフィッシュにうってつけの日

A Perfect Day for Bananafish

二〇〇六年六月、イラク辺境の土地。

戦争で消えた町の上空では、ハゲワシが羽を広げている。

名もなき戦士たちのブーツやヘルメットが転がる荒れ地を、米軍兵たちが装甲車に乗って撤退していく。

やがて日は落ち、若い兵士たちはイラクの都市・サーマッラーの廃墟《はいきょ》となった建物を野営地とし、装甲車を停《と》めた。

銃を壁にたてかけて篝火《かがりび》を囲う兵士たちの中、一人の男が柱にもたれて「いとしのクレメンタイン」を口ずさんでいる。

「オーマダーリン、オーマダーリン、オーマダーリンクレメンターイン……」

街灯もない過疎地での野営は、手元を照らす焚火《たきび》ひとつで充分だった。

焼きうちでぼんやりと光る向こうの空を見つめながら、男は歌うのをやめてポケットを探り、ライターと煙草《たばこ》を取り出した。

「……北の空が明るいな。昼間みてぇだ」

「占領からこっち、いっつも昼間みてえなもんさ」

篝火の前で退屈そうに雑誌をめくっていた黒人の男が答える。

柱に頭を預けたままの男は、煙草に火をつけて気だるげに煙を吐き出しながら独り言のように呟《つぶや》いた。

「はぁ……、早くステイツに帰りてーな」

遠くの空ではタタ、タタタと銃声音が響いている。

近頃は兵士たちの間である奇妙な噂《うわさ》が流れていて、この日も篝火を囲む兵士たちはその話題で持ちきりとなっていた。

「なあ、聞いたか？　例の薬《ヤク》の話……」

「ああ、ビリーがやられたってやつだろ」

「なんでもえらい苦しみかただったたって言うじゃねえか」

「そりゃとんでもねえ粗悪品、摑《つか》まされたな……」

男はその輪に入らず、柱にもたれたまま関心のない様子で煙草をふかした。

ふと彼は、先ほどまでいたはずの友人の姿がないことに気付いた。

「……そーいや、グリフは？」

とその時、廃墟の陰からジャリ……ジャリと足音が響いた。一瞬にしてその場に緊張が走る。男たちは一斉に音のしたほうへ振り返った。

だが足音の主は、どこからかふらりと戻ってきたらしい仲間のグリフィンだとわかった途端、皆の肩から力が抜けた。

「……なんだお前か、グリフ。おどかすなよ」

ぼんやりと立ちすくむ友人の姿を見て、男はほっと表情を和らげる。

「長ぇションベンだったなぁ」

別の兵士が軽口を叩《たた》いてもまるで反応せず、グリフィンは無表情のまま歓談する男たちの後ろを歩いていく。

「あと三日でここともおさらばかぁ」

近い将来を語らう兵士たちの後ろには、銃がたてかけられている。

「……おい、どうかしたのかグリフ？」

いつもとは違う友人の様子に違和感を覚え、柱にもたれていた男が声をかけるが、グリフィンは銃の前で足を止めてしゃがみこんだまま反応がない。

「国に帰ったらどうする？」

「へへっ、そりゃーお前……」

楽しげに下世話な会話を始める兵士たちの横で、カチャッと撃鉄を起こす音が聞こえた。ハッとした男の口から煙草が落ちるのとほぼ同時に、ダダダダダッと銃口から火花が散る。

振り向きざまに撃った反動と、銃自体の重さと威力に振り回されたその動きには、規則性などまるでない。

「うわあああぁぁぁあ————!!」

恐怖に顔を歪《ゆが》め、絶叫しながら乱射を始めるグリフィンに、慌てて立ち上がった兵士たちが次々撃たれていく。

素早く柱の陰に身を隠していた男は、無残にもグリフィンに射殺されていく仲間の姿に耐えかねて、柱から飛び出そうとした。

「グリフ！」

友人だった男の名を呼ぶ。しかし、柱の陰に一緒に身を潜めていた黒人の兵士にそれを制され、肩をひっこめた。

「バカ、出るな！」

力ずくで引き寄せられ、再び柱に身を隠すと同時に、グリフィンが撃った銃弾が二人の隠れていた柱の角を削った。

「畜生！」

男は振り返った。そして仲間の黒人兵士の右足にあるホルスターに気付く。

その間にも凶弾から逃げ惑う仲間の悲鳴が聞こえる。一瞬の逡巡《しゅんじゅん》の後、男は苦しげな声を漏らした。意を決してホルスターを取り、柱の陰からグリフィンをとらえる。

男は、今や悪鬼と化した友人の太ももを狙い撃った。すると、グリフィンは突然の衝撃に銃を落とし、その場に座りこんだ。

二人は警戒しながら柱の陰から出ると、仲間たちの死体がごろつく床を歩き、呻《うめ》き声《ごえ》をあげて座っているグリフィンを見おろした。

「てめぇ……よくも！」

既に絶命している仲間たちを見た黒人兵士が、怒りも露《あら》わにグリフィンに摑みかかろうとした。それを男が制す。

「ま、待て！」

信じがたい惨事を引き起こした当の本人は、虚《うつ》ろな目をして涎《よだれ》をたらし、正気を失っている。男はしゃがみこんで、その顔の前で手を振ってみせた。

「……グリフィン・カーレンリース。俺がわかるか？　マックスだ。お前の友だちの――」

しかしグリフィンは、その質問には答えない。

目をむき、恐怖に囚われた表情で何かを呟き続けていた。

「バナ……ナ……」

「え？」

男は耳を澄ました。すると、グリフィンは虚ろな表情のまま、確かにこう言ったのだった。

「バナナ……フィッシュ……」

＊　＊　＊

——夜更けのニューヨークの街には、ライトアップされた自由の女神像とマンハッタンの摩天楼がよく映える。

その華やかなネオンライトが届ききらない、暗く静まり返った街路を、一人の少年が山猫のようなしなやかさで歩いている。

その耳に、遠くの銃声が聞こえてきた。

少年——アッシュ・リンクスは、銃声の方角に振り向き、細い路地裏へ入り込む。

「………」

パーカーのフードを深くかぶり、息を潜めて様子を窺《うかが》う。すると暗闇の角からただならぬ様子で近づいてくる一人の男の姿がある。アッシュは警戒の度合いを強めた。

「はあ……はぁ……はあ……はぁ……」

足取りはおぼつかないのに、呼吸が激しく乱れている。暗闇の中でも、その男が瀕《ひん》死《し》の状態であることはわかった。そのまま力尽きて地面に倒れ込む男のもとへ、アッシュは駆け寄った。その気配に気づいたのか、男は救いを求めて手を伸ばす。

「あ、あぁ……た……助け……」

「……あんた、大丈夫——」

そこまで言いかけて、アッシュは軽く息を呑《の》んだ。男のスーツの背中が汗でも雨でもないものでびっしょりと濡《ぬ》れている。銃で撃たれたのだ。生臭い鉄のにおいが鼻をついた。血に染まる男の背中を見て、アッシュは言葉を変える。

「——じゃねぇな」

「こ、これ……」

男は息も絶え絶えに、銀色に鈍く光る何かを差し出した。細いチェーンが鳴った。

それを受け取り、いぶかしむアッシュに、男は苦しい息の下で呟く。

「ロ……ロス・アンジェルス……ウェストウッド42……バナ……え……」

最後まではよく聞き取れなかった。託したものをそこへ届けてくれというのか。男が口にした言葉を、アッシュはよく知っていた。

バナナフィッシュに、会え……？

――バナナフィッシュ。

「なんであんたがそれを……おいっ！」

驚いて問いただすが、男は既に絶命していて答えはない。

そのとき、「こっちだ！」と焦ったような声がして、路地裏に二人の男が入ってきた。サムソンとオルガノだ、とアッシュはすぐに気づいた。彼らが出てくるかもしれないことに、実は少しだけ予感があった。サムソンとオルガノは自分配下のストリートギャングだったからだ。

勢いこんで入ってきた彼らは、アッシュを見てギクリと足を止めた。

「……これはいったい、なんのマネだ」

静かな問いの中に、怒りが込められているのが分かる。前に立つアッシュを見つけて、二人は威圧されたように冷や汗を流した。

「ボ、ボス！」

「なんでここに……」

「なんのマネだ！」

自分に無断で殺人を犯した配下を、アッシュは冷え冷えと睨《にら》みつけた。

その剣幕《けんまく》にたじろいだ二人は、青ざめた表情で顔を見合わせた。この場を切り抜ける手立てを必死で考えているようだった。

カチ、とアッシュがジャンパーのポケットの中で撃鉄を起こす。その音ひとつで、二人は慌てて弁解を始めた。

「ま、待ってくれボス！」

「俺たちは、ディノに頼まれたんだ！」

アッシュの目が、にわかに険しくなる。

「ディノにだと……!?」

近くでパトカーのサイレンが鳴り響く。こちらに近づいてきているが、ここに死体が転がっていることまでは、警察もまだ気がついていないだろう。だが、あの耳につくサイレンはストリートギャングが最も嫌う音だ。逃げ時らしい。

「消えろ。ディノには俺が話をつける」

「あ、ああ……」

ためらいつつ、配下の二人はアッシュの命令通りにその場を走り去る。

その場に残ったアッシュは、絶命した男の顔をしばらく眺めてから、そっと闇にまぎれるように消えた。

――翌朝。

前庭に朝陽《あさひ》が気持ちよく降り注いでいる。ここはコルシカ・マフィアのボスであるディノ・ゴルツィネの邸《やしき》だ。玄関前ではだらしなく太ったサングラスの男が、煙草をふかしながら陽気に唄を歌っていた。

「ホウェンジョニー、カムズマーチンホーム……ん？」

向こうから歩いてくる人影に気づいて、男――マフィアの一員であるマービンは、下品な笑みを浮かべた。

「ヘヘッ、アッシュじゃねぇか。こんな時間によく起きてるじゃねえか、え？」

「ジジイに合わせたのさ。おかげで眠くってしょうがねえ。いるんだろ？」

面倒臭そうに言って前を通りすぎようとするアッシュを、マービンが足で制す。

「おい、口のきき方に気をつけろ。パパ・ディノと呼べと何度言ったらわかる」

「俺はディノに用があるんだ。あんたにじゃねぇよ」

言いながら自分の肩でマービンの巨体を押しのけ、アッシュは玄関へ向かう。その尊大な態度に、マービンは舌打ちをして振り返った。それから、アッシュの整った後ろ姿を舐《な》めるように見つめ、何かを思い出したように笑った。

「おい、もう映画は撮らねえのかい？　オレはお前のファンだったんだぜ。へへ……お前なら今でも十分――」

「……ゲス野郎」

マービンの言葉をアッシュが遮る。

「何ぃ!?」

「あんたはゲス野郎だと言ったのさ。白ブタマービン！」

アッシュは振り返ると、不敵な笑顔を見せてゴルツィネ邸の中へと入っていく。

悔しげに玄関を睨みながら、マービンは「このガキ！」と地団駄を踏んだ。

「……ちくしょう、パパのお気に入りでさえなきゃあ……」


屋敷の最奥の部屋には、強面《こわもて》の男たちがつねに門番のように立ちはだかっている。今日の門番は、護衛を兼ねた側近のグレゴリーとその部下たちだ。

グレゴリーはアッシュの来訪に気づくと、微《かす》かに不愉快そうに顔を歪めた。それから部屋のドアを控えめにノックする。

「パパ、アッシュが来てますが……」

「入れ」

許可が下り、グレゴリーはアッシュに警戒しつつドアを開けて室内へ促す。自分は室内には入らず、ドアを閉めて廊下で待機するようだ。

陽光の降りそそぐ窓のそばにセットされたテーブル。傍らに使用人を置き、そこで優雅に朝食をとっていたゴルツィネが手を止めた。

「おはようアッシュ。今、朝食中でね……一緒にどうだ？」

「んなことより話だ」

つれない返事をするアッシュは、ジャケットのポケットに両手をつっこんだままドアの前に立っている。顔を上げたゴルツィネは、静かに怒気をはらんだ声で告げた。

「……アッシュ。言ったはずだ。私の前ではポケットから手を出しておけと」

指示を無視するアッシュに向けて、ゴルツィネは続けて言った。

「部下にジャケットを脱がされたいか」

それを聞いて軽くため息を吐き、アッシュは仕方なく脱いだジャケットをソファに放り投げた。

「……なんで連中にあんな真似《まね》をさせた……」

「お前に黙っていたことか？　あの程度のことで、わざわざお前の手を煩わすこともない」

「ひと一人殺すのが『あの程度のこと』か⁉」

怒鳴り声をあげ、アッシュはテーブルに並べられていた朝食を腕で薙《な》ぐように弾《はじ》き飛《と》ばす。けたたましく皿の割れる音に、部屋の外で待機していたグレゴリーとその部下たちが勢いよく入ってきて銃を構えた。

「パパ！」

ゴルツィネは落ち着いた様子でグレゴリーたちに指示をだす。

「なんでもない。お前たちは外にいろ」

構えた銃をおろし、一同は再び部屋の外に戻る。使用人も慌てて部屋を出て行く。

「まあ落ち着け、アッシュ。お前の顔が丸潰れになったというならすまなかった」

「そんなことを言ってるんじゃない。殺しだけは絶対にさせない、そういう約束だったはずだ！」

そう言って、アッシュは苛立《いらだ》ちを抑えながらソファに腰をおろす。

「今回は特別だ。奴《やつ》は組織の人間ではなくてただのネズミだったのだよ。だから彼らに頼んだ。それにしてもよくわかったな」

食後の口元を拭ったゴルツィネは、アッシュのもとに歩み寄ってソファの背もたれに手を置いた。

「……連中の様子がおかしかったから、ここ二、三日、目をつけてたんだ」

「ほう、さすがだな。ボスはそうでなければいけない。やはり私の見込んだとおり、お前は人の上に立つ人間だ。この右腕を、私の為《ため》にも役立ててくれるとありがたいのだがね……」

言いながら、ソファの背もたれに置いた手をアッシュの右肩に滑らせていく。

「ヘッ、モーロクしたんなら手ぐらい引いてやるぜ」

不敵な笑みを浮かべて振り向くアッシュの背後から、その白い頬に顔を寄せる。

「随分と生意気な口がきけるようになったものだな、ん？　昔は仕事のたびに、ひーひー泣き喚《わめ》いたもんだったが、忘れたかね？」

アッシュは皮肉げに笑った。

「……あいにく、忘れっぽいのさ」

「そうか……だが、忘れてはならんこともあるぞ、アッシュ。お前を拾ってやったのは私だ。よく考えることだな……愛しているよ、スウィート・ハート」

ゴルツィネの太い指が、アッシュの顎を愛《いと》しげに撫《な》でた。


早々にゴルツィネ邸をあとにしたアッシュは、自分のホームグラウンドまで戻ってきていた。街路脇に停めたバイクにもたれてコーラを飲み、スマートフォンをチェックしていたところに「アッシュ」と声がかかる。

振り向くと、眉尻にピアスを開けサングラスをかけたモヒカンヘアーの青年が、ガムを膨らませながら歩いてくるところだった。

このいかにもやんちゃそうな青年――ショーター・ウォンは、アッシュの貴重な友人であり、チャイナ系のストリートギャングのボスでもあった。

「よお、ショーター」

アッシュも返事をした。するとショーターは楽しげに訊《き》いてくる。

「珍しいな、こんな時間に。なんかあったのか？」

「別に。ディノのじじいんとこに行ってきただけさ」

そう言って、アッシュは残りのコーラーを飲み干した。

「てことは、またマービンの野郎とやりあったのか？」

肩をすくめ「ご名答」という素振りを見せるアッシュに、ショーターが忠告する。

「気ィつけろよ、奴は執念深い。おまけにゲイだしな。ブロンドでグリーンアイが好みさ」

まさしくブロンドでグリーンアイのアッシュは、「ケッ！」と吐き捨てて空になったペットボトルをゴミ箱に投げ入れた。

そのままバイクにまたがり、ヘルメットをかぶる。

「そんなに心配ばっかしてっとハゲるぜ、ショーター。じゃーな」

あっという間に走り去ったアッシュを苦笑いで見送って、ショーターは自分のモヒカン頭を撫でた。

「やっぱハゲんのかなぁ、オレ……」

アッシュは落書きだらけの古びたアパートメントの階段を上っていた。それからある部屋の前に立ち、コツ、ココツ、コツと、特殊な叩き方でドアをノックする。するど背の低い黒人の少年が、警戒しながらドアからそっと顔を覗《のぞ》かせた。

少年はアッシュの顔を見てようやく緊張を解く。

「お帰り、ボス。早かったね」

「何か変わったことは？」

イスの背もたれに上着を投げかけると、アッシュはベッドに腰かけた。

アッシュが外出している間の、この部屋の見張り役を務める少年——スキップが、ドアを閉め、いつもそうしているようにアッシュに報告をする。

「チャーリーから連絡があってね、例の日本人、明後日来るってさ、雑誌の」

アッシュが「ゲッ」と顔を歪めた。

「なんだよ、断れって言っただろ？」

「警察《サツ》に恩売っとくと、何かとやりやすいだろ？」

そう言ってニヒッとウィンクをするスキップに、アッシュは首を垂らす。

「ったくしょうがねえなァ……他には？」

「ないよ。いつも通り。『彼』も、ね」

スキップが後ろの扉にチラッと目を向けた。それを聞いて、アッシュは安堵《あんど》する。

「そうか……サンキュー、スキップ」

　チップを渡そうと手を入れたポケットの中で、微かにペンダントのチェーンの音がする。何かを思い出したように、アッシュはふと動きを止めた。スキップがジャケットをはおりながら不思議そうな顔で訊《たず》ねた。

「どうかした？」

「……いや、なんでもない」

　ポケットからくしゃくしゃの十ドル紙幣を取り出し、スキップに差し出す。

「へへっ、サンキュ」

　チップを受け取って部屋を出て行きかけたスキップが、立ち止まって振り返った。

「あ、そうだ、アッシュ。今度の一件にはオーサーが一枚嚙《か》んでるって噂だよ」

「どーせ、ンなこったろうと思ったぜ……奴とはいずれカタをつけなきゃならねえだろうな……」

　そう言ってアッシュは背中に枕をはさみ、壁にもたれた。

「じゃあなスキップ。バーイ」

　と片手をあげ、スキップも片手をひと振りして部屋を出て行く。

「バーイ」

　スキップが去った部屋で、アッシュはジーンズのポケットから何かを取り出す。それは路地裏で死に際の男から託された、チェーンのついた一発の銃弾だった。


ディノ・ゴルツィネ邸。

温室で蘭《らん》の世話をするゴルツィネのもとへ、一人の研究員が慌てた様子でやってくる。荒々しく開かれたドアの音に気づき、ゴルツィネは不快そうにその男を見やった。

「あんまり乱暴に開けんでもらいたいな」

全開のドアから夕焼け色の空が覗き、癖の強い髪をして眼鏡をかけた男が、激しく肩で息をしていた。

「私の蘭にもしものことがあっては――」

再び蘭に視線を戻したゴルツィネの言葉を遮り、研究員の男は叫んだ。

「それどころじゃない！　アレが、なくなってる……」

ゴルツィネはゆっくりと顔を上げる。

「何ぃ……？」


謎のペンダントを机の上で転がし、指ではじいたりしていたアッシュは、何気なく振ってみたその銃弾の中からかすかな音がするのに気づいた。試しに銃弾型ペンダントのロケット部分に力をこめると、それは簡単に開いた。

中から出てきたのは、白い粉状の物が入った小さな瓶だ。

隣室に移動し、アッシュは車椅子に座る男の傍らに腰をおろした。スキップが先ほど口にした『彼』。視線の定まらない男に、独り言のように問いかける。

「あんたがうわ言みたいに言ってた『バナナフィッシュ』って誰なんだ？」

反応はないとわかっていながら、男の顔を見上げてアッシュは続けた。

「なぁ、頼むよ、教えてくれ。死ぬ間際、あの男が言ったんだ……」

そう言いながら、ペンダントを自分に託して死んだあの男が最後に呟いていた、「バナナフィッシュ……に、会え……」という言葉を思い出す。

「そのバナナフィッシュって野郎が、アンタをこんな風にした張本人なのか？　答えてくれ――グリフ……」

車椅子の男は、今やすっかり別人のようになった、あのグリフィンだった――。

＊　＊　＊

喧噪《けんそう》に包まれたＪＦＫ空港の到着ロビーで、離陸する飛行機をガラス越しに見つめる一人の少年がいた。彼の名前は奥村英二《おくむらえいじ》。日本人だ。

その背後から、両肩に荷物を抱えこんだ髭面《ひげづら》の男――伊部俊一《いべしゅんいち》が声をかける。

「英ちゃん、何してんの、こっちこっち！」

青空をぼんやり眺めてしていた英二は、声のほうを振り返った。

「あっ、はーい……！」

返事をして伊部の所へ駆け寄る。二人はこれからニューヨークの街へ向かうのだ。

＊　＊　＊

銃声に反応して、小鳥が飛んでいく。

街はずれの薄暗い空き地の壁に張りついて、ガタガタと震えるのはオルガノだ。

アッシュの銃弾は、姑息《こそく》な裏切り者の頬をかすめて壁に着弾した。

周りで見ている仲間たちは、アッシュの怒りのオーラにすっかり呑まれている。

必死に弁解するオルガノの隣で、もう一人の裏切り者であるサムソンは腰を抜かしていた。

「か、勘弁してくれボス！」

懇願されるも、アッシュは容赦なくゆっくりと撃鉄を起こす。

その音に、オルガノは頭をかかえて地面に突っ伏し、泣き叫んだ。

「殺さねぇでくれーッ！　ひぃぃ〜〜！」

抵抗できない弱い人間を殺してはいけない……というアッシュの決めたルールを破り、ゴルツィネの命令で一方的な殺人を働いた二人は処罰しなければならない。

しかし二人もまた、ゴルツィネに逆らうことのできない弱い人間ではあった。

充分反省していると見て、アッシュはかすり傷を負わせた程度の二人を解放する。

「……もういい、消えろ」

そう言われ、オルガノとサムソンは脇目もふらずに逃げていく。

アッシュは腰に銃をしまい、その場にいた仲間たちへ振り向いて宣告した。

「この際だから言っておく。俺たちはマフィアの手下じゃねえ！　ディノとは対等に取引をしているだけだ。奴にアゴで使われたきゃいつでも奴んとこへ行きな！　……そうだろ、オーサー」

アッシュは壁際に立つ目つきの鋭い男――オーサーに挑発的な目を向ける。

「……ボスはあんただ、文句はねえよ」

「そりゃあ助かるぜ……本気ならな」

アッシュはそれだけ言うと、仲間たちとともに去っていく。

オーサーはその後ろ姿を眺めながら、忌々しげに吐き捨てた。

「チッ、野郎、勘づきやがったかな」

アッシュたちとは反対方向に歩きだしたオーサーに、腹心のウーキーが笑った。

「ヘッ、だらしねぇ、あいつらを片づけられねえなんてよ」

アッシュの銃の腕前を小馬鹿にしたように言うのへ、オーサーは冷たく応じた。

「バカ野郎、ヤツはわざと外してんだ。ほんの紙一重、ツラの皮をかする程度にな。見てくれにごまかされる奴が多いが、まともなやり方じゃまず勝ち目はねぇ……」

その言いぶりからして、オーサーがいつかアッシュと殺《や》り合うつもりであることは明白だった。

「…………！ 殺るのかオーサー？ 奴を！」

期待と畏れにウーキーが目をぎらつかせる。真横に無残にひきつれた傷跡が残る自分の右手を見つめ、オーサーはニヤリとした。

「……この指のお礼をしてやらなくちゃな……」


チャイナタウンの街中でひっそりと診療所を構えるドクター・メレディスは、中絶専門の産婦人科医だ。

子宮筋腫持ちの患者の中絶手術を終え、疲れた表情で粗末な手術室から出てきたメレディスは、院長の椅子に腰かけてくつろぐアッシュに気づいて剣呑《けんのん》な目を向けた。

「商売繁盛だねぇ、ドクター・メレディス。闇医者ってのは儲《もう》かるだろ？」

オペ用の帽子とマスクを取りながら、メレディスがつっけんどんに答える。

「勝手に入るなと何度言ったらわかる、チンピラめ……。薬なら机の上だ。金は置いてけよ」

アッシュは机の上に置かれた薬瓶を手に取って放り上げ、キャッチする。

「サンキュ」

「何度も言うが、そんなもんはただの気休めだぞ。粗悪品のドラッグにやられると、一生廃人さ。……それに、なんなんだあの男は？」

言いながら、メレディスは手術着も脱いで、普段使いの白衣に袖を通す。おしぼりでごしごしと顔を拭うと、疲れた顔に眼鏡をかけ直した。

メレディスの問いかけに、アッシュはどこか暗い表情で手元の薬瓶を見つめる。

「……どーでもいいだろ。それより、頼みたいことがある」

「ホッ、どっかの女の腹でもふくらませたか？」

「そんなんじゃねーよ。これだ」

ニヤけ顔で聞いてくるメレディスに、アッシュはポケットから小さな紙包みを取り出して、机の上に置いた。

「そいつがなんだかわかるか？」

紙包みを広げ、メレディスは中の白い粉に触れる。

「……ヘロインじゃなさそうだな……」

訝《いぶか》しげに言われ、アッシュは頷《うなず》いた。

「そいつの成分を調べてほしい」


——翌朝。ゴルツィネはソファに腰掛け、グレゴリーからの報告を聞いていた。

「アッシュがだと……？」

「はい、連中が駆けつけたとき、アッシュが奴の側にいたそうです」

オルガノとサムソンから聞き取った情報に、ゴルツィネが険しい顔で考え込む。

「……奴と話をしたか、あるいは——何か受け取ったかもしれん」

「締め上げますか？」

マービンが言うが、ゴルツィネは膝の上の猫を撫でながら、慎重な選択をする。

「いや、ヘタにつつくと逆に興味を持たれかねん……私に任せておけ」

そして、同日の昼下がり。

屋敷へやってきたアッシュは、不服そうな顔でゴルツィネを睨んだ。

「こんな強引に呼び出されちゃ迷惑だな」

その申し立てを無視したゴルツィネは、ワイングラスを片手に訊ねる。

「アッシュ、あの男はお前に何か言わなかったか？」

「……あの男って？」

「私にとぼけても無駄だ。奴はお前になんと言った？」

その質問の意味を察し、アッシュはフッと笑う。

「……『助けてくれ』」

ゴルツィネもアッシュの言葉を冗談として受け止める。

「フッ……なるほど」

「用済みなら帰るぜ」

さっさと帰ろうと背を向けたアッシュに、ゴルツィネは更に質問を投げかけた。

「最後にひとつだけ訊く。奴は、お前に何か渡さなかったか？」

「……別に、何も」

後ろを向いたまま答えるアッシュに、ゴルツィネは鋭い目つきで問いかける。

「……本当か？」

ほんの少しの間を置いて、ゴルツィネのほうへゆっくり振り向いたアッシュは、なんでもないことのように平然と答えた。

「本当さ。じゃあな、ジジイ。今度からはちゃんとアポイントを取ってくれよな」

ひらひらと手を振って部屋を出ていく姿を見つめ、ゴルツィネが静かに笑う。

「……フッ、キツネめ」

廊下の先では、マービンが壁際でアッシュを待ち構えていた。

「バーイ、マービン。今日はお迎えごくろーさん。帰りは送ってくれなくていいぜ」

上から目線で去っていくアッシュに、マービンが吐き捨てる。

「ケッ。クソガキが！　今に見てろよ……」

苛立つマービンの背後から、アッシュが去るのを見計らったように現れたオーサーが親しげに声をかけた。

「そうカリカリするなよ」

「オーサー、てめえ何しに来た」

警戒するマービンに、オーサーは怪しげな笑みを浮かべる。

「ちょっと相談があるんだ……あんたにも悪い話じゃないと思うぜ」

＊　＊　＊

「うわぁー……ほんと『CSI：NY』みたいだ……」

警察署内の廊下を歩く奥村英二は、目を輝かせて子どものようにはしゃいだ。

ここはニューヨーク市警。カメラマンの伊部俊一は、ある取材の仲介を頼むつもりで知人に会いにきていたが、ちょっとした手違いが起きた。

英二は伊部の手伝いの名目でこの場に同行している。役に立つかどうかわからない英二をアメリカまで連れてきてくれたのは純粋に伊部の好意だ。二人はそれなりに年が離れているが、以前、仕事で知り合ってからというもの、叔父と甥《おい》のような友人関係を築いているのだった。

「……へぇえ、セットみたいー」

きょろきょろ辺りを見まわす英二を、伊部が呆《あき》れ顔でたしなめる。

「おい英ちゃん、迷子になるなよ？」

その頃、同じ警察署内にある会議室では、血まみれの姿で壁にもたれて死んでいる男性の画像がスクリーンに映しだされていた。

「自殺ねぇ……」

中年刑事のジェンキンズが疑わしげに呟く。

スクリーンが切り替わり、一人の刑事が説明を始めた。

「貿易商に、不動産ブローカーに、ナイトクラブのオーナー。今年に入ってウチの管轄だけで三件です」

ジェンキンズは頬杖《ほおづえ》をつき、ボーッとスクリーンを眺めながら溜息《ためいき》をつく。

「資料を読む限り、どれも自殺するようなヤツじゃないんだけどなぁ……。参るよ、まったく」

そこへノックがあった。

「警部、例のお客さんです」
来客を告げられ、会議室を出たジェンキンズは、刑事課の一室で待つ伊部と握手を交わした。
「……ああ、どうも」
「お世話になります。伊部俊一です」
「ジェンキンズです。マックスがあんなことになって、さぞ驚かれたことでしょう」
後ろにいた同僚のナリスも、それを聞いて苦笑いをしている。伊部も困ったような
笑顔で後頭部に片手を添え、ジェンキンズに答えた。
「いやぁ、奴を頼ってきたら、まさか刑務所に入ってるとは……でもチャーリーのお
かげで助かりました」
伊部が今回の旅で頼りにしていた友人であるマックスは、ある事件を起こして罪を
問われ、現在は牢獄《ろうごく》の中にいた。そこで今回は、マックスとも親しい刑事のチャー
リーとジェンキンズが、彼の代理で伊部の取材対応をしてくれることになったのだ。
伊部に視線を向けられ、若手刑事のチャーリーは肩をすくめて笑った。
「あいつとはポリス・アカデミーの同期ですから」
伊部たちが話す後ろで、相変わらずきょろきょろと周りを見まわしている少年に気
づき、ジェンキンズは歩み寄った。

「おや？　こちらは息子さん？」

ジェンキンズは英二に優しく微笑《ほほえ》みかけた。

「えらいなぁ、お父さんのお手伝いかい？」

英二はきょとんとした。最初、それが自分に向けられた言葉だとは思っていなかったが、どうやら目の前の刑事に子ども扱いされているのだと気づいて表情を変える。

「あ、いや、彼はその……助手でして……一応……」

慌てて説明に入る伊部に続いて、ムスッとしながら英二が自己紹介した。

「……奥村英二です。十九歳で、大学生です」

年齢を聞いて、ジェンキンズとチャーリーが「えっ？」と同時にのけぞる。

「いやーっ、彼は日本人としても童顔で若く見えますから……」

機先を制した伊部が言葉を添えるが、まるでフォローになっていない。英二はますます口をへの字に曲げた。

「いや失礼……。しかしかえっていいかもしれませんよ、若く見えるというのは……『彼ら』は大人を信用しませんからね」

ジェンキンズの言葉に、伊部と英二は表情を引き締めた。

「やはり、かなり危険なんですか……その、ストリートギャングというのは？」

「相手によりけりですが、今日会うことになってるアッシュという奴が、これがなかなかの実力者で、あっという間に近隣のグループをまとめあげちまいましてね……」

「それも弱冠十七歳で」

チャーリーがジェンキンズの説明に年齢を補足すると、伊部は驚いて声をあげた。

「十七歳ですか!?」

「ええ、それも白人でありながら、プエルトリカンやメキシカン、黒人まで統率できるというのは……並のことではないんですよ」

ジェンキンズの話を聞きながら、英二はアッシュという人物に興味を抱いた。

（アッシュ……灰、か……。一体どんな——……）

＊　＊　＊

ゴルツィネ邸からアパートへ帰ってくるなり、険しい顔で室内に視線を走らせたアッシュは、軽く鼻を鳴らした。

「フン、思った通りだぜ、あのジジイ。さんざんひっかきまわしていきやがった」

それを聞いたスキップが、不思議そうに辺りを眺める。

「え？　でも別に変わりないけど……」

「俺にはわかるのさ」

そう言って上着を脱ぎ捨て、アッシュはベッドに寝転がった。

ゴルツィネの突然にして強引な呼び出しは、留守にした隙に無断の家宅捜索をかけるための手口だったのだ。

「にしてもディノの奴、だいぶ慌ててんなあ。こりゃますます簡単には渡せねえな」

あらかじめこうなることを予想して、例の薬はグリフィンとともにメレディスの所へ移していた。アッシュは、余裕の笑みを浮かべた。


その日の夕刻――。

長テーブルで夕食を摂《と》りながら、ゴルツィネは部下からの報告を受けていた。

「……確かか？」

「はい、アッシュの部屋からは、何も出てこなかったそうです」

ワイングラスを置いて、ゴルツィネは笑みを浮かべる。

「先手を打たれたわけだな。まったく、かわいげのない小僧だ。しかしこれでかえって確信が持てた。マービン、お前に頼もう。どれだけ痛めつけてもいい。白状させろ」

指名され、マービンは嬉《うれ》しそうにニヤリと口角をあげた。

「はい……」

ゴルツィネは厳しい顔つきで忠告をする。

「ただし、絶対に殺してはならん。いいな……？」

とあるバーカウンターにオーサーを呼び出したマービンは、ゴルツィネからアッシュを痛めつける許可がおりたことを伝えた。

「へえ、ディノのおっさんがね。奴ぁあんたと同じく、アッシュにホレてたんだろうに……でもまあ、これで問題はクリアできたわけだ。どうするマービン、乗るかい？　例の約束は守ってもらわねぇと困るが」

グラスをあおりながらオーサーが問いかけ、マービンは少し考えてニヤリとする

「……いいだろう。話に乗ろうじゃないか」

ダウンタウンの小さな診察室。ドクター・メレディスは、グリフィンの虚ろな目にライトをかざしながらアッシュに訊いた。

「イラクでタチの悪い薬《ヤク》にやられたって言ってたな？」

「ああ、復員軍人病院のヤブ医者がな」

診察を終え、もぐりの医者はアッシュのほうに顔を向ける。

「こいつはお前のなんなんだ？　話したってよかろう、面倒見てやってんだから」

アッシュはグリフィンを見つめ、少しの間を置いてから答えた。

「……兄貴さ」

それを聞き、メレディスは深刻な表情になる。

「そうか……なんとなく似てると思ったよ。こういうことは専門じゃないからはっきりしたことは言えんが、いまだにフラッシュバックが現れるってのは、今までの文献にゃ症例がねぇ」

「フラッシュバックって？」

「発作のことさ。痙攣《けいれん》を起こしたり、わけのわからんことを口走ったりするだろ？」

すぐに思い当たり、アッシュは言う。

「ああ、『バナナフィッシュ』か。兄貴がいつもうわ言で口にしてるよ」

「ほう。気の利いたことを言うじゃないか。兄貴はサリンジャーの愛読者かね？」

「……え？」

「サリンジャーの小説にあるんだよ。バナナフィッシュって魚に出会うと、死にたくなるんだ。死を招く魚だよ」

「……死？　へぇ……知らなかったな」

アッシュは壁にもたれ、自嘲的な笑みを浮かべた。


警察署を訪れた翌日の昼のこと。

スキップと名乗る黒人の少年に案内され、英二と伊部は地下へ続く階段を降りていた。壁には見渡す限りラクガキがされていて、通路も昼だというのに狭くて薄暗い。目的地のアイリッシュパブは、悪い奴らのたまり場と呼ぶにふさわしい佇《たたず》まいだ。

「いよいよらしくなってきたな……」

「何かあったらすぐ駆けつけてくれるって言ってたけど、大丈夫かなあ……」

不安がる二人を振り返り、スキップが突き当たりの扉を開けながら言う。

「何ブツブツ言ってんだよ？」

どう見ても十歳やそこらの子どものはずだが、平然とアイリッシュパブの店内に入っていくスキップは、大人顔負けの頼もしさだ。英二と伊部も店内へ入っていく。

店内はまさしくストリートギャングたちの溜まり場になっていた。異質な存在である英二たち二人に視線が集中する。見るからにヤバそうな面構えを見て、入口付近で直立不動になっている英二と伊部に、また少年の高い声がかかった。

「なーにびびってんだ。こっちだよ」

スキップにカモン、とジェスチャーされ、二人は足早に隣室へ向かう。

するとそこには、ビリヤードを打つ少年たちの姿があった。

「アッシュ、連れてきたよ。ジャパンからあんたに会いに来たんだぜ」

呼ばれたアッシュが、キューを手にゆっくりと振り返る。

掃《は》き溜《だ》めに鶴、とでも言うのだろうか、日本人二人とはまた別の意味で、その少年は異質だった。輝くような整った容姿に驚いて、英二はポカンとしてしまう。

（……なんか想像してたのと、だいぶ違う……）

伊部も同じように驚いたのか、たどたどしく自己紹介を始めた。

「えっと……僕は日本のカメラマンで、雑誌の仕事でいろいろ君たちのことを訊きたいんだけど……」

「……何を訊きたいんだ？」

アッシュのそのたった一言で、伊部と英二は圧倒される。

（なんか迫力あんなぁ……）

美しい声と美しい姿。会ったのがこんな場所ではなく、またジーンズとTシャツの素っ気ない姿でなければ、大天使が降臨したと勘違いしたかもしれない。

「あ……その前に写真、いいかな？」

そう発言した伊部の顔を値踏みするように見つめてから、アッシュは視線を外して答えた。

「……顔は映すなよ」

「わかった、英ちゃん準備して」

「はい」

伊部の指示でケースの中を探り始めた英二を見て、アッシュが言う。

「日本じゃ、子どもをアシスタントに使うのかい？」

悪気のないその言葉に、英二はピクッと反応した。眉を吊《つ》り上げてアッシュをジロリと振り返る。

「……僕は、あんたより年上だよ！」

反論する英二に、アッシュが軽口を叩く。

「へえ、そりゃ失礼。子どもかと思ったもんで」

(自分だって子どもじゃないか……！)

十七歳のくせに！　と心の中で言い返し、英二は不機嫌な顔で撮影機材を整えた。

しばらくして、撮影と取材が始まった。カウンターで仲間たちと談笑しているアッシュの後ろ姿を、伊部が撮影していく。

「……そこで俺は言ってやったのさ」

「クソヤローって？」

得意げに武勇伝を語る仲間に、アッシュも合いの手を入れた。周囲からハハハ……と笑いが起きる。それを離れた場所から見ていた英二は、ふとアッシュの腰のあたりに無造作に挿された拳銃に気づいた。

「……その銃、ホンモノだよね？」

つい漏らした言葉に、ゆっくりとアッシュが振り向いた。

「え……？　どういう意味？」

言われて英二はどっと赤面する。

（そっか！　本物に決まってるよな！　バカなこと聞いちゃった……）

世間知らずと思われたに違いない。英二は恥ずかしくなった。しかしすぐに旅の恥はかき捨てだ、とばかりに、アッシュにお願いをしてみることにする。

「日本じゃモデルガン以外、持てないんだ。ちょっと持たせてくれないかな？」

英二の一言で、店内に目に見えるほどの緊張が走った。ただし発言した本人は、その緊張の意味がまるでわからない。

周りの空気を察した伊部が、慌てて英二に駆け寄り、声をひそめて耳打ちをした。

「ちょ、ちょっと、ヤバいよ英ちゃん」

「え？」

すると英二のもとへ、アッシュが歩み寄った。

「……いいよ」

無造作に差し出された銃に、店内がにわかにざわめき出す。

スキップも驚いたように、アッシュを目で追っていく。

そんな周囲の状況には気づかずに、英二は純粋に喜んでいた。受け取った銃を、感動した様子で両手の平にのせる。

「わあ！　すごい……ずっしり重いや。へぇー……」

ひとしきり銃を愛《め》でると、満足した英二はアッシュに拳銃を返しながら質問する。

「ありがとう、大事なものを。……あの、ひとつ訊いていいかな？」

「何？」

「人を……殺したことある？」

賞賛も批判もない、純粋に真剣な表情で、アッシュをまっすぐに見つめる。

「……あるよ」

静かな返事に、英二はにわかに複雑な気持ちになる。

「へぇ……やっぱり……そうかぁ」

アッシュはニヤリと笑った。

「……ガキだな、あんた」

よく聞き取れなかった英二が「え？」と訊き返すが、アッシュは繰り返したりはしない。背を向けて歩きだしながら、伊部に告げた。

「話聞きたいんだろ？　いいぜ」

カウンターの端へ向かうアッシュを見送った英二を、上機嫌のスキップが誘う。

「ヘイ、エーチャン！　来なよ、一杯おごるぜ」

ウィンクして、立てた親指をテーブル席に向ける。

席につくなり、スキップは感心した様子で英二に言った。

「すごいな、あんた。おれ、見直しちゃったよ！」

「何が？」

「アッシュが他人に銃を触らせるなんて、初めてだからな！　前に酔っ払いが銃にさわろうとして、指吹っ飛ばされたくらいだ！」

身振り手振りで無邪気に説明するスキップとは対照的に、英二は顔を青くする。

「先に教えてよ、それ……」

「よかったじゃないか！　アッシュはあんたが気に入ったみたいだ。あんたの度胸にカンパーイ！　あと指に！」

勝手に祝杯をあげられ、英二は顔色が悪いままスキップの注文したドリンクをひとくち飲む。が、それをブーッと豪快に吹き出した。

「さ、酒じゃないか」

頬を赤らめて身を乗り出す英二に、スキップはきょとんと答える。

「マリブ・コークだぜ？」

あっという間に酒が進み、テーブルの上には空きグラスが増えていく。

どれくらいの時間が経《た》ったのだろう。カウンタースツールに腰かけるアッシュを眺めながら、英二は少し酔っ払った様子でスキップに訊ねる。

「銃の腕前、すごいんだってね？」

「すごいなんてもんじゃないよ。スミス＆ウェッソンの357マグナム。しかも銃身を短く切ってあんだ。それで二十五ヤード先の的を外したことないんだから……」

興奮気味に話すスキップを見つめ、英二はまるで夢物語を聞いているかのようにぼんやりとした顔で「へえ……」と呟いた。

「アッシュ・リンクスか……」

「リンクスは通り名だよ。山猫って意味さ。誰にも飼われず、どこまでも自由なんだ。ボスにピッタリの名前だよ」

スキップの言葉とは裏腹に、アッシュの横顔はどこか不自由そうにも見える。

英二は目を閉じ、夢見心地で微笑んだ。

「アッシュをホントに尊敬してんだね、スキップは」

「へへっ」

嬉しそうに笑うスキップの傍らに、取材を終わらせた伊部が戻ってきた。

「英ちゃん」

「あ。話、訊けましたか？」

「いやぁ、なかなか口が固くてね。あの歳でギャングのボスになって、これまで色々なかったハズないんだけど……」

伊部はため息まじりに言う。

カウンターに座っていたアッシュは、スマートフォンのバイブレーションに気づき、電話に出る。

「よおショーター、どうした？」

その言葉を遮るように、焦るショーターの声が電話ごしに響いた。

『アッシュ！　今すぐそこから逃げろ、オーサーだ！』

それを聞いてアッシュはハッとする。

『ヤツが昔の仲間を集めて、お前をとっつかまえに来るぞ！』

咄嗟《とっさ》に入口へ顔を向ける。それと同時に、オーサーの仲間たちがドアを蹴破ってなだれ込んできた。

「うおおおおっ！」

金属バットを振り回し、ビリヤード台やキューをぶち壊していく。

それをスマホ越しに聞いていたショーターは、大通り沿いの歩道で叫んでいた。

「アッシュ！　アーッシュ！」

しかしアッシュからの返事はなく、向こうから聞こえてくるのはがなり声ばかり。

もどかしげに「クソッ！」と吐き捨て、ショーターはバイクを走らせた。

一方、アイリッシュパブの店内では、オーサーの仲間たちが一斉にアッシュに襲いかかっていた。

全力で振りおろされる金属バッドやナイフの攻撃を軽やかにかわし、アッシュは武器も使わず敵を次々に倒していく。

「ったく、こんな狭いとこへゴチャゴチャ入ってきやがって！」

文句を吐きつつ、カウンターに手をついて相手の顎を蹴り上げる。「がはっ」とうめいて大男が倒れる。乱戦状態の中、アッシュはすでに数人を一人で片づけていた。

そのとき、混乱を極める店内に警察が雪崩れこんできた。刑事のチャーリーが天井に向けて発砲する。

「やめろ、警察だ！」

頭を抱え、テーブルの下に隠れていた伊部が、聞き覚えのある声に頭をあげた。

「チャーリー！」

英二も安心して、カウンターからひょこっと顔を出す。

「チャーリー？」

無防備な英二の頭を押さえつけ、スキップが怒鳴る。

「バカ！　出るんじゃねえ！」

「うぐっ」

カウンターの下へと再び引っ張り込まれた英二が、くぐもった声を出す。

しかしその姿を、オーサーの子分であるウーキーに見られていた。

「いたぞ！　あそこだ！」

カウンターの下に身を隠しながら、スキップが英二を安心させるように言う。

「チャーリーが来てくれたし、あとはここでじっとしてりゃいい」

震えながら深呼吸した英二だったが、そこにスッとナイフを突きつけられた。

「動くな」

オーサーの手下が、目の前まで来ていたのだ。英二の顔にどっと汗が浮かぶ。

「……うきゃああああああ、あ……？」

取り乱す英二に舌打ちして、ナイフを手にしたオーサーの手下が驚く。

その隙にスキップが、中身の入った酒瓶を相手の頭に振りおろし、顔面に蹴りをいれる。

「このッ！　くらえ！」

「グッ！　がはっ！」

相手が動けなくなったのを見て、スキップは英二をひっぱり起こす。

「早く！　こっちだ！」

「あう……」

逃走する二人を目ざとく見つけたウーキーが、部下たちに命令する。

「逃がすな！　追え！」

アッシュはそこで、思わず声をあげた。

「……読めたぜ！　お前らの狙いが！」

言いながら、襲いかかってくる敵に膝蹴りをくらわせる。一瞬にして三人ほどを倒し、急いでカウンター側に駆け出すと、スキップに大声で呼びかけた。

「スキップ！　戻れ、罠《わな》だ！」

が、追いかけようとするアッシュを、オーサーの仲間たちが押さえ込んでしまう。

――ゴトッ、とマンホールの蓋が開けられ、スキップと英二が顔をだす。

「へえ～こんなとこから……」

思いがけない逃げ道に感心した英二を、「しっ」とスキップがたしなめる。

人の気配がする。この出口などとっくに先回りをされていたらしい。

「いよぉ、スキップ」

その声に二人が顔をあげると、ウーキーたちが待ち構えていた。

店内はまだ乱戦状態が続いている。チャーリーは伊部を避難させようと、アッシュとは違う方向へ誘導していた。

「伊部、こっちだ！」

「チャーリー！　英ちゃんが！」

姿が見えない。伊部の焦りは募った。

一方、アッシュは足止めしてくる敵を殴り飛ばし、出口へと走る。

「……どけ！」

地下から勢いよく飛び出してきたアッシュに、事情を知らない通行人が驚く。アッシュは周りを気にもとめず、全力で走った。やがて、連れ去られそうになっているスキップの姿を見つけたアッシュが、走りながら叫んだ。

「スキッパー！」

道端に停められていた車に、スキップと英二が強引に連れ込まれている。スキップは必死で抵抗しながら、叫び返した。

「アーーッシュ！」

もう少しで追いつく、というところで車が急発進した。それでもアッシュは走り続けるが、距離はどんどん開いていくばかりだ。

「ハッ、ハッ、ハッ」

追いつかないと判断したアッシュは立ち止まり、乱れた呼吸を落ち着かせ、すばやく銃を構える。既に車は遠く離れてしまった。小さな一点に集中して引き金を引く。

——ドンッ！

スキップたちを乗せた車のリアガラスが、ビシッと弾けた。

英二の隣に座っていたオーサーの手下が、頭部から血を流してずるりと倒れる。

「ひいっ」

日本ではありえない状況に、英二が驚愕《きようがく》する。

「クソッ、ジャックがやられた！」

スキップの隣にいた手下が言う。運転席のウーキーも焦りと苛立ちで怒鳴り返す。

「わかってる！　ちくしょう、なんてヤローだ！」

死体を前にして、英二は震える身体をなんとか鎮めようとしていた。

（落ち着け、落ち着かなきゃ……これは現実だ、実際に起こったことなんだ……本当に殺されるかもしれない……！）

不意に、手下の一人が英二のポケットを探る。

怯《おび》えて動けない英二を守るように、スキップが暴れた。

「おい、エーチャンに触んな！」

「だまってろ！」

手下は片腕でスキップの首を絞め上げる。

「ぐっ……」

英二とスキップの持ち物を取りあげて車道に捨てる。路上を滑ったスマートフォンを、後続の車が踏み潰していった。

同じ頃、伊部のスマートフォンで英二のGPS情報を表示させていたチャーリーは、画面上から位置情報が突然消えたことに気づいて、伊部と顔を見合わせる。

アッシュの前には、ショーターがバイクで駆けつけていた。

「アッシュ！　無事だったか……」

ヘルメットを外し安堵するショーターを押しのけ、アッシュはバイクにまたがる。

「ショーター、バイク借りるぜ！」

「え!?」

エンジンをふかして走りだすアッシュを、ショーターは訳も分からず追いかけた。

「お、おい、アッシュ！」

やがて、英二たちを乗せた車のバックミラーに、バイクのライトが映りこむ。

それに気づいたウーキーたちは、ニヤリと笑う。

「きたぞ！」

「ああ……奴がスキップを見捨てるわけがねえ……計画通りだ」

そう言ってウーキーは、運転しながらオーサーに電話をかけた。

「俺だ……そうか、わかった」

イースト・リバー三番埠頭《ふとう》の倉庫でアッシュを待ちぶせしていたオーサーは、ウーキーの報告を聞き終えて通話を切ると、煙草をふかすマービンに声をかけた。

「客が来るぜ。約束は守れよ、楽しむだけ楽しんだら――」

マービンは煙を吐き、言葉の続きを引き受ける。

「確実に奴の息の根を止めろ……だろ」

そう言って煙草を地面に捨て、ぐしゃっと踏みつぶす。下卑た笑みを浮かべるマービンを見て、オーサーも不敵に微笑んだ。

待ち受ける者たちの思惑をよそに、アッシュは夕陽の沈みかけたニューヨークの街をバイクで疾走する――。

＃02 異国にて

In Another Country

陽が沈み、アイリッシュパブの前には何台ものパトカーが停車していた。大勢のアッシュの仲間たちが警察官に取り押さえられ、理不尽な逮捕に憤っている。

「放せよ！」「オレが何したってんだ！」「バカヤロー！」「さわんな！」――口々に怒鳴るストリートギャングたちをしりめに、チャーリーはパトカーの無線に話しかけていた。

「東洋系で年齢十九歳。名前はエイジ・オクムラ。大至急、捜索してくれ」

その傍らには、伊部がいたたまれない表情で立っている。

「……すまん、伊部……まさかこんなことになるとは……」

チャーリーに謝罪されても、伊部は英二の無事をひたすら願うことしかできない。

（……無事でいてくれよ、英ちゃん……）

店の裏路地では、ショーターがチャイニーズ系の手下に指示を出していた。

「いいか。仲間を集めてオーサーを捜すんだ！　急げ！」

それぞれが自分たちのできることに勤《いそ》しんでいる中、車を追いかけていたアッシュは、イースト・リバーの三番埠頭に到着した。

倉庫の陰に、英二たちを乗せていた車が停められているのを確認し、アッシュはヘルメットを外すと、ゆっくり敷地内へ足を踏み入れる。

「……オーサー、いるんだろう、出てこい！」

少しして、倉庫の暗闇の中からオーサーが余裕の表情で出てきた。

「……やぁボス。罠だってことはわかってたろう？　なぜ来た？」

「お前とは、いつかケリをつけなきゃならないと思ってたから。スキップはどこだ」

「残念だがこの件はもう俺たち二人だけの問題じゃねえんだ」

オーサーがそう言うと、手下が錆《さ》びついた倉庫のシャッターを開ける。

そこには、捕らえられたスキップと英二の姿がある。アッシュに気づいたスキップがとっさに叫んだ。

「アッシュ！」

そのとき、倉庫の奥からシャッターをくぐり、マービンが姿を現した。

「……ようこそ……アッシュ・リンクス」

それを見て、アッシュはようやく真の「罠」の意味を察した。

「そういうわけか……組織の犬に成り下がるとは、お前も堕《お》ちたな、オーサー」

「……お前のやり方は手ぬるいのさ。さぁ銃を捨てな」

オーサーの言葉に、スキップがアッシュを心配して叫んだ。

「駄目だアッシュ！　殺されるよ！」

銃を捨てぬまま、アッシュはオーサーに凄《すご》む。

「二人を放せよ」

オーサーは縮こまっている英二に歩み寄り、アッシュに問いかける。

「アッシュ、こいつはなんだ？　スキップがかばってたそうだが……」

見下ろされ、英二もビクビクしながらオーサーを見上げた。

「コラァ、エーチャンに手ぇ出すな！」

英二を守ろうとするスキップを、別の手下が押さえつける。

「おいっ……！」

動向をじっと窺っているアッシュの態度に、オーサーが短く言い放つ。

「殺せ」

「えっ……」

手下に銃口を向けられ「ヒッ!?」と目をつぶって顔を背ける英二を見て、アッシュが態度を変えた。

「待てよ！　……ったく、やな奴だなお前って」

そう言ってアッシュは腰にさしていた銃をオーサーの足元に放り捨てる。会ったばかりの自分を助けるために、自らを危険にさらすアッシュの行為に英二は驚いた。

「さっすが人望の厚いボスだなァ……！」

そう言うなり、オーサーは銃を失ったアッシュを全力で殴りつけ、恨みのこもった表情で凄んだ。

「指の礼はたっぷりさせてもらうぜ！」

しばらくオーサーに殴られたあと、仕置き役がマービンに交替した。薄暗い倉庫に連れ込まれ、マービンにしこたま殴られたアッシュが地面に身体を打ちつける。

「ぐッ！　ッてぇ……」

その胸ぐらを摑んで顔を寄せ、マービンが醜い表情で言う。

「もっといい子になれよ。お前ならパパ・ディノに逆らっても無駄なことくらいわかるだろ？　あの男から何を受け取った、あぁ？」

あの男——バナナフィッシュという言葉を遺《のこ》して死んだ男のことだ。

マービンの顔にアッシュはペッと唾を吐く。

「ウッ！」

顔をぬぐうマービンに、コンテナに寄りかかって地面に座るオーサーが言う。

「何を聞き出したいのか知らねえが、あいつらの耳でも削《そ》いでやりゃあ済む話だろ」

「フン、今までさんざんコケにされたんだ……少しは楽しませてもらわんとな」

そう言うと、マービンは自分のズボンのベルトに手をかけた。

それを見たアッシュが、わざとふざけた口調で言う。

「あら？　やだなあ、なんかやらしいこと考えてんじゃないでしょうねェ？」

ゆっくりと革ベルトを引き抜き、マービンはそれを勢いよく振り上げた。

「泣き声を上げるなよ……アッシュ！」


どれくらいの時間が経ったのだろうか。

ガタンとドアが開けられ、英二とスキップのいる監禁部屋に、全身傷だらけのアッシュが突き飛ばされるように入れられた。床に転がるアッシュの顔は青ざめている。

「アッシュ！」

「しっかりしろ、大丈夫か!?」

扉が閉められ、二人がアッシュを抱き起こそうとするが、本人に制止される。

「いててて、さ、触るな……痛ぇよ……」

辛そうなアッシュを見て、英二は自分のシャツを破った。

「腕だして」

「あ？　なんだよ？」

「できるとこだけでも止血しなきゃ」

アッシュの腕に、裂いた自分のシャツを包帯のように巻きながら、英二は呟く。

「……ありがとう、助けてくれて」

アッシュはそんな英二をじっと見つめ、やがてふっと目をそらして言った。

「……助けなかったほうが親切かもしれないぜ。このままじゃ、楽な死に方はさせてくれそうにないからな」

アッシュの口からそう聞かされると、現実がひたひたと足もとに迫っているのを感じた。英二は震えながらも、アッシュの傷口の止血に専念するしかなかった。

またいくらかの時が過ぎた。時計も何もない暗闇では時間の感覚が失われてくる。

窓のない監禁部屋の冷たいコンクリートの上で、体を丸めて眠っていたアッシュたちは、錠が外される音で目を覚ました。

扉が開かれ、マービンが笑顔を見せる。

「よおアッシュ、気分はどうだい？」

アッシュはキッとマービンを睨みつけた。

「……俺たちをどうする気だ？」

「お前次第さ……いい子になるなら、パパにとりなしてやらんこともない」

アッシュは観念したようにため息をつき、言いづらそうに言葉を紡いだ。

「……話がある……あんたにだけ」

ほのかな艶を嗅ぎとったマービンは、ニヤリと笑ってオーサーたちに指示を出す。

「……いいとも……。お前ら、むこうへ行ってな」

言われてオーサーは驚き、抗議する。

「おい、まさか奴を助ける気じゃ!?」

「誰に物を言ってるんだ？　オレの言葉は、パパ・ディノの言葉だぜ？」

この場の決定権を持っているのは自分だとばかりに、マービンは煙草をふかしながらゆっくりとオーサーを振り向き、口角をあげてみせた。

「ちくしょう、だましやがったな！」

食ってかかったオーサーを、ゴルツィネの部下たちが取り押さえて引き離す。そのうちの一人であるグレゴリーは、マービンに厳しい目を向け、念を押した。

「おい、楽しむのはいいが、仕事は――」

「わーってるよ、さっさと消えなって」

吸っていた煙草を投げ捨て、足でもみ消しながらマービンがそう言うと、グレゴリーたちも呆れた様子で出ていき、重い扉が閉まる。

わけがわからず戸惑う英二に、スキップがそっと耳打ちした。

「あいつゲイなんだ。アッシュに気があるんだよ」

「えええーッ」

驚愕する英二に、スキップが急いで人差し指を立てる。

「シ――ッ」

マービンは座り込んだアッシュの前に立ち、期待を込めて訊ねた。

「で？　話って？」

アッシュは自らの胸元からゆっくりと手をはわせ、首の傷を思わせぶりになでてみせた。足を意味ありげに内側へ倒すと、首を傾《かし》げてマービンにねだる。

「……ギャラリーのいるとこじゃ……やだな。……二人だけになれるとこ、連れてってよ……」

まんざらでもなさそうなアッシュの態度に、英二のほうが赤面して慌てふためく。

「ウッソ――！」

「だから、シ――ってって」

英二たちのことなど気にも留《と》めず、マービンは嬉しそうに了承した。

「クックックッ……いいとも」

「あばらが折れちまったらしいんだ。手、貸してくれない？」

弱々しく猫なで声で告げるアッシュに、マービンは歩み寄って肩を貸す。

「そいつぁかわいそうになぁ……あとでちゃんと、手当てしてやるぜ……」

「是非、そうして、もらいたいぜ！」

鼻の下を伸ばして抱き起こしにきたマービンの腹に、アッシュはすかさず膝打ちをくらわせ、間髪入れずに首の後ろを両手で叩きのめした。

「グハッ……」

不意をつかれ、マービンはあっという間に気絶して床に倒れこむ。

「やったねボス！　さっすがぁ！」

アッシュは攻撃で負担を掛けたあばらを押さえながら、倒れたマービンを踏みつぶした。飛び跳ねて喜ぶスキップを振り返り、冷静に指示を出す。

「何してる、逃げるぞ」

「おー──！」

「たくましいなぁ」

全て芝居だったことがわかり、英二は「ちぇ」と呆れぎみに二人の後を追う。

見張りを警戒しつつ、三人は駆け出した。するとすぐに、

「ん？　あッ！　逃げたぞ！　捕まえろ！」

その影に、賭けポーカーをしていた見張りの男たちが気づいてしまった。

倉庫と倉庫の間の迷路のような道で、必死の鬼ごっこが始まった。背後からは追手の声が迫ってくる。

「どっちに行った？」「あっちだ！　逃すなっ追え！」

脇道へと入り、全力で駆け抜けたところで、三人はぴたりと足を止めた。

「行き止まり……」

視界が開けたと思ったら、そこには高い塀が立ちはだかっている。

「ちっくしょー、ここまで来て……！」

スキップはそう言いながら、悔しそうに足もとの石ころを蹴った。

絶体絶命の状況で、アッシュは生き残る手段を必死に考える。

（アレを渡して、こいつらだけでも……）

それが正解かはわからない。だが、二人だけはどうしても救いたい。

そんな中、英二は冷静に塀の高さを目測した。それから周囲を見まわし、壁からはがれかけたさびた水道管を見つけると、力ずくで外そうと両手でひっぱりだした。

「よいしょ……っ」

なかなか壁からはがれず、身をのけぞらせる。途端に金具が外れ、英二はそのまま「わあっ」と地面に倒れこんだ。

英二が武器になるものを物色していると察したスキップは、感心して言った。

「おー、見かけによらず根性あんな、エーチャン。ますます気に入ったぜ」

言いながら、スキップも足もとに転がるの角材を拾った。

「おれも、こうなったらひと暴れして……」

けれど、その言葉を英二は否定した。

「そうじゃない。この塀を飛び越えるんだ」

英二はそう言って細長い水道管を拾い上げ、塀との距離を測るように背後の壁へ歩み寄っていく。

「はぁ？」

口をあんぐりと開けるスキップの隣で、アッシュは苦しげに壁にもたれながら言う。

「頭がイカれちまったんじゃないか？」

いや、頭はクリアだ。

跳んでみせる。誰になんと言われようとも、英二は跳ぶと決めていた。

地面に水道管を刺せるだけの穴を掘りながら、英二は二人に言う。

「日本じゃ、これより高いのを跳んでたよ。これでも棒高跳びの選手だったんだぜ」

その真剣な表情を見て、アッシュとスキップが慌てて止めに入る。

「バカな真似はよせ！　そんな腐った水道管、折れたらそれっきりじゃねーか！」

「そーだよ！　マットがあるわけじゃねーんだぜ!?」

競技とは違う。向こうにマットがあるわけでもない。けれど、英二は勢いよく振り向いて、二人に強く言い返した。

「じゃあこのまま皆殺しになるのか⁉　どーせ死ぬんならなんだってやってやらぁ！」

そう言って、再び高い塀を睨んだ。

アッシュはその気迫に圧倒され、言葉も出ずに英二の背中を見た。

助走をつけるために、英二は一旦、後ろへと下がる。

そのはるか後方、駆けつけてきた追っ手が、アッシュたちの姿に気づいた。立ち往生する三人を見つけ、他の仲間に向かって叫んでいる。

「いたぞ、こっちだ！」

アッシュとスキップも、その声にハッとした。

英二はあえてそれを気にせず、深呼吸をして目の前の塀だけに集中する。それから意を決して顔をあげ、走り出した。ここぞというタイミングで水道管を地面に突く。

水道管が穴の縁にひっかかった。あとはもうただ祈るしかない。

「もちこたえてくれよ！」

地面を蹴った英二は、高く高く――宙に舞い上がった。

空が明るくなっていた。

眩《まぶ》しくて一瞬、目を細めたアッシュの瞳に、空高く浮かぶ英二の姿が映る。

鳥のようだ。空を飛んでいる。アッシュはただ茫然《ぼうぜん》と、その様を目に焼きつけた。

英二はそのまま塀を越えた。

「うわぁーっ、とんだぁ――！」

スキップが喜んで声を上げた次の瞬間、塀の向こうからガチャンガラガラという大きな音と、「うぎゃあああっ」と情けない悲鳴が聞こえてくる。

「あ……やっぱり」

塀の向こうの悲惨な状況を思いやり、アッシュとスキップは同時に肩を落とす。

喜んだのも束《つか》の間《ま》、気配に振り返ると、既に追っ手は二人を囲いこんでいた。

一方、塀の向こう側では、英二が痛みに呻《うめ》きつつ、落ちた衝撃で壊れた木箱の中から這《は》い出ようとしていた。すると左腕に鋭い痛みが走る。

「っってぇー……」

見れば、腕にざっくり大きなガラス片が刺さっていた。力任せにそれを抜き捨て、痛みに堪える。

「うっ……はぁっ……いッ！　……ちっくしょお……待ってろよ！」

英二は痛みを振り切るように走り出した。

マービンは、連れ戻したアッシュを乱暴に倉庫の壁に押しつけた。

「あのガキをどこへ隠した!?」

アッシュは挑発的な笑みを浮かべる。

「……逃げちまったよ……空を飛んでな」

マービンは拳を振りおろし、アッシュを地面に叩きつけた。

「きさまッ!! もう勘弁ならねえ、ブッ殺してやる!」

苛立つマービンにグレゴリーが問う。

「どうするんだマービン、この不始末は」

オーサーも同調し、マービンを責めた。

「まったくだ……あんたのスケベ心がまいたタネなんだぜ」

「……場所を変えよう……」

身内からの追撃に何も言い返せないマービーンは、傷だらけのアッシュとスキップを見やり、不穏なセリフを吐いた。

「こいつらの始末は、そこでつける」

ほぼ同時刻。オーサーの手下を捕縛したショーターは、男を壁に押し付け首筋にナイフを突きつけていた。苦しい息の下、男が白状する。

「……埠頭だ……」

「え？」

「イースト・リバーの……」

　オーサーの居場所はそこだった。ようやく聞き出したショーターは、刃先をくるりと自分に向け、手刀で男を気絶させた。そして、もう聞こえない相手にささやく。

「いい子だ」


　左腕の傷口を押さえながら、大通りをフラフラと歩く英二を、通行人たちが怪訝《けげん》そうに眺めている。いかに物騒な街でも、血まみれで歩いていれば注目の的だ。どこかに駆け込んで助けを求めようにも、まだ早朝でどの店も閉まっていた。

「とにかく……早く、知らせなきゃ」

　荒い息を吐きながら、英二は焦る。一刻も早くアッシュたちの居場所を知らせて、助《すけ》っ人《と》を連れて戻らなければならない。

「早く……はぁっ……」

　そのとき英二は、横断歩道の前で誰かと通話をしているマダムに気づく。

「そうなのよー、ほんと困っちゃうわ」

　携帯電話を片手に呑気《のんき》に世間話を続けるマダムのもとに歩み寄り、懇願する。

「ちょっと貸してください！　人の命がかかってるんです！」

突然血だらけの英二に迫られたマダムは、恐怖に震えて甲高い悲鳴をあげた。

「人殺し！　誰かっ、警察を！」

にわかに周囲がざわつく。だが、直接何かをしてくる者も、ましてや助けに来る者もいない。マダムの投げ捨てた携帯電話をキャッチし緊急コールをする。英二は気が遠くなりそうになるのを必死で堪えた。血を流しすぎて貧血気味なのだ。

「警察なら、こっちが呼んでもらいたいよ」

そうしている間にも、電話が繋がった。

「もしもし!?　市警察本部につないで下さい……早く！」

立ち止まった足元には、じわじわと血だまりができている。壁にもたれて座り込んだ英二の意識は、もうすぐ途絶えようとしていた。

逃げたマダムが偶然通りかかった警官に、助けを求めて叫んでいる。

「突然血まみれの男に襲われたの、あそこよ！」

向かいから二人の警官が近づいてきた。だが、英二はもう意識が朦朧《もうろう》としていて、それに反応するどころではなかった。携帯電話の向こうからは、市警の人間が声を掛けてきている。

『こちら市警察本部、どうされました？』

「はぁ……はぁ……」

しかし英二は答えることができない。急速に視界が暗くなってゆく。

「おい、君！　大丈夫か!?　君！」

二人の警察官がやってきて声を掛けるが、そのときにはもう、英二の意識は完全に途絶えていた。


古株刑事のジェンキンズに呼ばれた伊部と若手刑事チャーリーは、市立病院であるNYプレスビテリアンワイルコーネル・メディカルセンターへ駆けつけた。

「チャーリー、伊部、こっちだ！」

二人は足早に、手を振るジェンキンズのもとへと向かう。

「今手当てが終わったとこだよ、二〇八号室だ」

「ありがとうございます！」

礼を言って伊部が病室へと走っていく。

一緒にそちらへ向かおうとしたチャーリーを、ジェンキンズが呼び止める。

「待て、チャーリー。英二のご注進だ。イースト・リバーの埠頭で一揉《ひとも》め起こるぞ」

「アッシュですか!?」

「ああ、おまけにもっと興味深いことがある。このお祭りにはマービン・クロスビーが参加しとる」

そう言ってジェンキンズは歩きだし、疲れたように院内のベンチに腰掛けた。

チャーリーは驚き、ジェンキンズの座るベンチの前に立つ。

「ディノ・ゴルツィネの手駒ですか？　アッシュの奴、何やらかしたんだ……」

「それから……例の連続自殺事件、調べてみたら連中はみんなゴルツィネと対立する組織の息がかかった奴らだったんだな、これが」

チャーリーはそれを聞き、ヒューッと口笛を鳴らした。

これは、ますますただごとではなさそうだった。

病室の英二は、点滴に繋がれてベッドにいた。伊部はそっと話しかける。

「無事でよかったよ、英ちゃん」

「すみません、心配かけてしまって……」

謝る英二に、伊部はゆるく首を横に振った。

「……でも僕、ほんとはすぐにでも戻りたいんです。アッシュは僕を助けてくれた。自分が殺されるかもしれないのに……スキップだって僕がいなきゃ逃げられたのに。もう情けなくて、ただ足手まといで、なんの役にも立たなくって……」

落ち込んだ表情で言いながら、英二は悔しさを堪えるように右手を握りしめる。

「そんなことないさ。君がいたから二人の居場所がわかったんだ。必ずチャーリーたちが助けてくれるよ」

英二を慰めるように、伊部は穏やかな声でそう告げた。


――倉庫の前に、一台の車がやってきた。

マービンは、拘束されているアッシュとスキップを振り返って言った。

「さてと……おつきあい願おうか」

「スキップには用はないだろ。放してやれ」

両手を縛られたままのアッシュを、スキップが見上げる。

「アッシュ！」

「そうはいかん。お前はカーニバルに参加する気はなさそうだから、そちらのぼっちゃんに踊っていただく」

マービンの発言に不安げな表情を見せるスキップ。その横で、アッシュが物申す。

「待てよ！」

それを無視して、マービンは部下たちに命令する。

「連れてけ」

「……クソッ、放せッ！　スキップ！」

部下たちはアッシュを強引に外へと連れ出し、力尽くで車に乗せようとしていた。

「さわんなッ……このッ！」

スキップは、怯えた顔でアッシュを目で追う。それを見て、マービンは満足げに煙草の煙を吐いている。

と、そのとき。外の喧騒《けんそう》が一同の耳をついた。マービンとグレゴリーが慌てて倉庫から出ると、そこでは既に、ショーターとアッシュの仲間たちがゴルツィネの部下を相手に騒動を起こしていた。

「オラァ！　このヤロー！　ウオォォ！」

「な……っ!?」

予想外の状況にマービンは言葉も出ない。

「オーサー出てこい！　裏切り者ォ！」

「アッシュ、スキップ！　どこだ！」

倉庫の屋根の上を走り、敵の死角から頭上に飛び降り、蹴りを入れる。ショーターの動きは俊敏だ。その姿を眺めて、オーサーが不快げに「ショーター」と呟いた。

「ガキがなめやがって！　グァ！」

ゴルツィネの部下がショーターに銃口を向けるが、それに気づいたアッシュがタックルをかましてショーターに叫ぶ。

「気をつけろ！　ディノの手下どもがいるぞ！」

「このッ、ガキども!!」

怒った男たちが銃を乱射する。

素早くコンテナの後ろに身を隠したショーターと、アッシュ配下のアレックスは、すぐ近くからたしかに聞こえてきたアッシュの声に反応した。

「さっきの声……」

すかさずアレックスが言う。

「アッシュだ！」

「そこにいるぞ！」

自分たちのボスが生きてそこにいる。それはアレックスたちを勇気づけた。が、そのとき、けたたましいサイレンが鳴り響いた。

「やばい、警察《サツ》だ！」

いち早くウーキーが気づいて叫び、ゴルツィネの部下たちも潮が引くように逃げていく。オーサーは舌打ちをして、ウーキーとともにその場を足早に去る。

「チッ、やっぱりあのガキ、たれこみやがったな！」

自分の配下の者たちも散ったことを確認してから、ゆっくり立ち上がろうとしたアッシュは、ふと殺気を感じて振り返る。

「……くそ……ッ、よくも……」

居残ったマービンが憎々しげにアッシュに銃口を向けていた。殺意を剝き出《むだ》しに撃鉄を起こす。

「こんな楽に死なせてやるつもりじゃなかったがな……」

マービンは本気だった。アッシュはなす術《すべ》もなく、黙って引き金を見つめる。

「アーーッシュ！」

ゴルツィネの部下の手を振りほどき、スキップが走りだす。

アッシュはハッと息を呑んだ。

――バン！　バン！

マービンの撃った二発の銃弾に胸を貫かれ、スキップは壊れた人形のように地面に倒れこんだ。

「スキッパー！　スキッパー！　スキッパーーーッ!!」

アッシュは一心不乱にスキップの名を叫び、前のめりに駆け寄った。

傍らでその光景を目にしていたショーターとアレックスは、言葉を失っている。

アッシュはスキップを抱き起こし、必死に声をかける。

「だめだ……死ぬな……だめだ……」

「あ……」

アッシュの無事を確認し、一筋涙を流したスキップの瞳からは、急速に生気が失われる。いくら叫んでももう、小さな身体から言葉が返ってくることはなかった。

腕の中で動かなくなったスキップをゆっくりと地面におろしたアッシュは、激しい怒りを漲《みなぎ》らせて背後を振り返る。

「……マービン……貴様ァ……」

その間にも、何台ものパトカーが倉庫に到着する。それを見て、マービンは「チッ」と舌打ちした。急いで乗り込んだ車を急発進させる。

「待て、マービン！　どけッ！」

アッシュは別の車に乗り込もうとするゴルツィネの手下に足蹴りをくらわせ、その車を奪う。ドアも閉めずにエンジンをふかしていると、ショーターが止めに入った。

「よせ、行くな！」

だが、怒りに我を失ったアッシュの耳には届かない。車は猛スピードでマービンの車を追って走りだした。

「アーッシュ！」

アッシュの性格をよく知るがゆえに、叫ばずにはいられない。車の去った先を心配気に見つめながら、悔しそうに頭をかくショーターのもとに、チャーリーとジェンキンズが駆け寄ってきた。

「ショーター！　アッシュは？」

「ちっ、おっせーよ、おっさん！　アッシュは奴の後を追いかけてった！」

あと数秒早ければ、アッシュの暴走を止められたかもしれない。もどかしさに地団駄を踏みながら、ショーターは走り去る車を指さすことしかできなかった。

逃走するマービンは、猛スピードで迫りくるアッシュに気づき、焦っていた。

「ちくしょう、なんでこんなことに……」

アッシュは縛られたままの腕でハンドルを握っている。息が荒い。

——その頃、屋敷の窓辺に立ったゴルツィネは何者かと電話で話していた。

「そうか、そこまで逆らうのなら仕方がない。こちらで手を打つ」

通話の相手はグレゴリーだった。現場から一連の報告を受けていたのだ。ゴルツィネは電話を切った。窓の外の噴水を見つめて呟く。

「……山猫はしょせん山猫、飼い猫にはならんというわけか……」

アッシュはようやく車を停めた。歯を使って両手を拘束していたテープをはずし、車外へ出る。アパートの入口には、マービンが先ほどまで使っていた車が乗り捨てられている。この建物には見覚えがあった。アッシュは記憶を頼りに歩きだす。

「……確かここに、奴の……」

マービンの隠れ家である部屋を目指し、階段をのぼって最上階の廊下にでると、部屋のドアが開けはなたれていた。

（開いてる？　……どうも様子がおかしい……）

慌てて逃げ込んだにしても、不用心すぎる。これは異常事態だ。本能がアッシュに告げるが、引き返すわけにもいかない。廊下に誰もいないことを確かめてから、アッシュは暗い室内へと入っていく。

警戒しながら廊下を進み、突き当たりのドアの隙間から中の様子を窺う。暗くて何も見えない。電気も点《つ》いていないようだ。そのままゆっくりとドアを開けると、暗闇の中で黒い人影が、ベッドにもたれて座っている。

それは——胸を何発も撃たれ、絶命しているマービンだった。

状況が理解できず、しばらく呆然《ぼうぜん》とマービンを見つめていたアッシュは、ふと視線を下へおろした。床に自分の拳銃が落ちている。——これは罠だ。

「……しまった！」

ハッとするアッシュの背後から、数人の警官が駆けつけ銃を向けた。

「動くな！　警察だ！」

アッシュには逃げ場がない。はめられたことに気づくにはもう遅すぎたのだ。

マービンのアパートには、警察によって立ち入り禁止のテープがはられている。

数人の警察官に取り押さえられながら、アッシュは暴れていた。

「痛えっ、痛えっつってんだろ！」

「暴れるな！」

「人の話を聞けよ！」

現場に駆けつけたチャーリーとジェンキンズは、部屋の入口に立った。

「アッシュ！　お前……」

悲しそうな顔をするチャーリーに、アッシュは言い返す。

「俺が殺したんじゃない。ここに来たとき、マービンはもう――」

「嘘つくんじゃねえよ」

その言葉を遮り、一人の刑事が部屋に入ってきた。ジェンキンズがうめいた。

「エヴァンスタイン……」

「よぉ、ジェンキンズ、管轄外までおでかけとは、相変わらず仕事熱心だなァ？」

エヴァンスタインは煙草をふかしながら、嫌味《いやみ》たらしくジェンキンズを見つめた。

「あ、いや。彼は今、我々が抱えてる事件に重要な関わりがあるんだ」

「しかし、これは俺のヤマだからなぁ……。何しろ殺人の現行犯だ……連れていけ」

エヴァンスタインはアッシュを見やり、部下に指示をだす。連行されながらも、アッシュは必死で無実を訴える。

「俺はやってないって言ってんだろ！　クソッ！　ふざけんじゃねえ！」

「おとなしくしろ！」

一喝して部屋を出て行くエヴァンスタインを、ジェンキンズが呼び止めた。

「ま、待て！　せめて尋問には立ち会わせてくれ」


ジェンキンズたちの所轄である二十一分署とは別の、エヴァンスタインの属する署内で、アッシュは尋問を受けていた。

「お前のことはよく覚えてるぜ、アッシュ。まさか、まだ客引きしてるわけじゃあるまいな」

エヴァンスタインに絡まれても、アッシュは黙って何も答えない。

「黙秘か。まぁいい、じゃあこいつはどうかな？」

そう言うと、エヴァンスタインは脇に積んであった証拠品の袋を引き寄せ、興味を示さないアッシュの前に置いた。

「あのブタ野郎の部屋から、おもしれえもんが出てきてな」

その含みのある言葉に、ピクリとアッシュが反応する。袋の中から覗いた雑誌類を見て、思わず顔を背けた。

傍らで尋問に立ち会っていたチャーリーとジェンキンズには、それがなんなのかわからない。黙ってエヴァンスタインとアッシュのやりとりを見ている。

「フィルム・ムービーも何本かあるぜ」

エヴァンスタインは袋の中からDVDを取り出し、プレイヤーにセットした。

「やめろ！」

怒鳴るアッシュに、とぼけてみせる。

「どうかしたかね。見ろよ、あの白ブタは似合いのあくどい趣味を持ってたようだ」

そう言ってエヴァンスタインは、ジェンキンズたちに証拠品の雑誌を渡す。

受け取った雑誌をパラパラとめくり、ジェンキンズは顔をしかめた。

「なんです？」

チャーリーが横から雑誌を覗く。

「『児童ポルノ』さ、それも変態御用達《ごようたし》ってヤツだ」

エヴァンスタインは平然と答え、リモコンの再生ボタンを押した。

尋問室の電気が消され、プロジェクターに幼い日のアッシュの映像が再生される。

「ほれ、ムービーのはじまりだぜ」

アッシュは顔を背けたまま、映像を見ようともしない。

画面を見ていたチャーリーは、口元を押さえて目をそらす。

「……ひどいな……吐き気がする」

ジェンキンズも見ていられず、目を閉じてエヴァンスタインをたしなめた。

「おい、もういいだろう！」

エヴァンスタインはそれでも動画を再生し続け、アッシュを煽《あお》る。

「あれはお前だな、アッシュ？　あれはいくつのときだ？　十か、十一か？　もう少しいってるのかな？」

アッシュはテレビ画面に背を向け、屈辱で唇を噛みしめたまま無言を貫く。

「手前のデブはマービンだろ。だから殺したんだな？　お前は奴を憎んでた。奴を殺したかったんだろ？　どうなんだ！　答えろ、アッシュ！」

耐えきれなくなり、思わず椅子から立ち上がる。が、怒りに震えたアッシュは、相手の顔を見て、激情を抑え込むように椅子に座り直した。エヴァンスタインはほくそ笑みながら、こちらが怒るのを待っていたのだ。こんな男の思い通りにはならない。

そこへノックの音があり、制服の警察官が尋問室のドアを開けた。

「警部補、病院の準備ができたそうです」

報告を受けたエヴァンスタインは、背もたれに身体を預け、渋々と電気をつけた。

「……チッ、まあいいだろう、連れて行け」

「立て」

警察官がアッシュを立たせた。エヴァンスタインは振り返って別れを告げた。

「またな、ムービー・スター」

ジェンキンズはアッシュのあとを追って呼び止める。

「アッシュ……よく我慢したな」

そう言って肩に手を置こうとするも、アッシュはそれを強く振り払った。

「触るな……！　その汚ねえ手で、俺に触るな……！」

ジェンキンズはアッシュの過去に胸を痛めていただけに、その激しい拒絶に動揺した。これは古傷をえぐるどころの話ではない――そう思った。

『おおせのとおり、山猫は檻《おり》に入れたぜ……あぁ、頼む。警察官の年金なんてたかが知れてるからな』

受話器から聞こえてくる傲慢そうな声の主は、ニューヨーク市警のエヴァンスタインだ。通話を切ったゴルツィネは、そばに控えていたグレゴリーに言う。

「地方判事のフィリップスを呼び出せ」

「はい」

グレゴリーが部屋を出ると、ゴルツィネはそれまで待たせていた研究員の男のほうへ顔を向け、会話の続きを促した。

「……それで？」

「つまり……完璧なサンプルは、あの盗まれた数ミリグラムしかないんだ。いくら処方箋があっても、再現することは不可能――」

「その失策をやらかしたのは誰だ!?」

ゴルツィネの剣幕に、研究員の男はビクッと怯えて黙りこむ。

葉巻を吸って自身を落ち着かせ、ゴルツィネは紫煙と共にため息を吐いた。

「もういい、サンプルはじき戻る。……『バナナフィッシュ』か……まったく、手のかかる奴だ……」


病院のベッドに寝そべり、アッシュは夕陽に染まる窓の外の空を見つめている。

ベッドの脇に腰掛け、チャーリーが静かに言う。

「……お前の気持ちはわかるよ、スキップはまだ子どもだった……」

アッシュは窓の外を見たまま動かないが、チャーリーは諦めずに話しかける。

「今年に入ってから、ゴルツィネ絡みの自殺事件が何件かあってな……俺たちは今度こそ、奴の尻尾を摑まえたいんだ。この件にはゴルツィネが絡んでるんだろ？」

無視を続けるアッシュに、チャーリーは焦ったように身を乗り出す。

「お前は知らないうちに、奴の喉笛にナイフを突きつけてるのかもしれないんだぞ？　おい、聞いてるのかアッシュ！」

声を荒らげるチャーリーにゆっくり視線を合わせ、アッシュはぽつりと言った。

「俺は何も知らない」

そうして、ベッドから半身を起こす。

「あんたらの追いかけっこにも興味がない。俺はマービンを殺しちゃいないが、誰かが殺らなきゃ確実に俺が殺してた」

アッシュは静かにチャーリーを見据え、言葉を続ける。

「あんたらに何ができる？　どうやってディノを告訴するつもりだよ？」

「そ、それはお前の話を聞いて――」

アッシュは鼻で笑った。

「そんなものなんの役に立つんだ？　向こうにはやり手の弁護団がついてる。あんたらの言う『権利』ってやつがね。どんな証言があったって勝ち目はない。それぐらい、俺みたいなバカなチンピラでもわかることだぜ！」

チャーリーは言い返す言葉もなく、目をふせた。

「俺を人殺しにしたきゃ好きにしろよ。俺は奴と違ってなんの力もないただのガキだからな。……もう、帰ってくれ」

アッシュは再び枕に頭を預けて、チャーリーに背を向けてしまった。

翌朝、市立病院内のカフェで、チャーリーは伊部と英二に会っていた。

「トラブル続出で一時退去さ……残念だけどね。今日マックスに面会したあと、夕方の便で帰るよ」

伊部の言葉にも、チャーリーは言葉がない。英二がたまらず声をかける。

「あの、僕に話っていうのは？」

「それなんだけどね……」

言い淀《よど》むチャーリーを見て、英二は察した。

「……もしかして、アッシュのこと……ですか？」

チャーリーは顔をあげ、意を決して英二を見据える。

「……彼は、マフィアのボスにたった一つの切り札で歯向かうつもりなんだ。このままじゃ間違いなく殺されるだろう」

「え……？」

驚く英二に、チャーリーは必死に懇願した。

「頼む、英二！　『切り札』をこちらへ引き渡すよう、アッシュに話してくれ！」

「……その『切り札』ってのは……？」

伊部の問いに、チャーリーが答える。

「具体的にはわからないが、ゴルツィネは執拗《しつよう》にアッシュを狙っている。おそらく重要な何かを握ってるはずなんだ」

英二は不安げにチャーリーを見つめた。

「……でも、なんで僕が？　僕は何もできない……」

結局二人を助けに戻ることができなかった。それを今でも悔やんでいる。だが、うつむく英二にチャーリーが言った。

「アッシュが君を助けたからだ」

「……え？」

「自分やスキップの命を危険に晒《さら》してまで、君を助けようとした。君の言葉になら、アッシュは耳を傾けるかもしれない」

そう言われて、英二の瞳が揺れた。


ベッドに寝そべり、窓の柵にとまる小鳥を、アッシュはぼんやりと見つめていた。

すると、アッシュの病室に、英二がやってくる。

「やあ……」

ベッド脇の椅子に腰かけながら、親しげに英二が言う。

「どう？　具合……」

「そっちこそ。塀の向こうにマットはなかったろ？」

アッシュは穏やかに笑った。

「ああ……でもこれは、大したことないんだ」

腕の傷を服の上から押さえて、英二が答える。アッシュは病室の白い天井を見上げ、そこに英二が宙を舞う姿を思い浮かべ、羨ましそうに言った。

「見事なジャンプだったよな……お前にあんな特技があるなんて思わなかったぜ」

英二はうつむいて答える。

「……でも……スキップに、お礼も言えなかった」

沈黙が流れた。英二はチャーリーに頼まれたことを切り出そうとして、言い淀む。

「あ、アッシュ……あのー……いや、その……」

「チャーリーに言われて来たんだろ？」

お見通しのアッシュが言った。

「え？　あっ、いや……」

英二の慌てように、アッシュはフッと笑顔を見せる。

「お前も嘘のつけない奴だな……奴から聞いたか？　昔の俺のこと」

「えっ……な、何……」

「日本にはないのかよ、ああいうエゲツないの」

「あんまりよく、知らないんだ……」

アッシュは英二を見た。その姿に、青空を自由に舞う汚れのない鳥の姿を重ねる。窓の外を一羽の鳥が飛んでゆく。それを見つめるアッシュの瞳は、憧れに輝いていた。

「……お前はいいな……あんなふうにとべて」


病室の廊下で待っていたチャーリーと伊部は、涙を流して出てきた英二に気づき、困惑する。

「英ちゃん？　どうしたんだ⁉」

心配して駆け寄ってきた伊部に、英二は嗚咽《おえつ》をもらした。

「……僕、とても……言えない……」

ハラハラと流れ落ちる涙を両手で拭う。

「アッシュはなんて――」

答えを急《せ》くチャーリーを、伊部がたしなめる。

「ちょっと待ってくれないか、少し落ち着くまで」

伊部は英二の肩を抱き、離れた場所へと連れていく。それをただ見送るしかないチャーリーの手元で、スマートフォンが鳴る。

「はい」

すると、焦りが混じったジェンキンズの声が聞こえてきた。

『まずいことになったぞ。アッシュは州刑務所に一時移送される』

「えっ？　だって罪状認否手続きも、まだ――」

チャーリーは驚いて顔をあげた。

『地方判事の判断だ。被告人不在のまま、すでに手続きが行われた』

「そんな！」

いくらなんでも早すぎる。チャーリーは裏で糸を引く者の気配を感じた。

「刑務所なんかに送られたら、確実にアッシュは殺されますよ、ゴルツィネの息のかかった連中がゴマンといる！」

スマートフォンごしに、ジェンキンズが叫んだ。

『チャーリー、急いでマックス・ロボに会え！　あそこには幸か不幸か奴がぶちこまれてる。奴にアッシュを守らせろ！』

一方、伊部に連れられた英二は、待合室のベンチに腰かけていた。

買ってもらったコーヒーに、悲しい顔がうつりこむ。

「アッシュはもう、覚悟を決めてしまってるんです……。僕はとても言えなかった。

他の奴に任せろなんて……かなわないってことは、彼が一番よく知ってるんだ」

伊部は優しく英二の肩を引き寄せる。

「わかったから、もう泣くな……な？　俺たちが見届けてやろう、最後まで……」

そのとき、チャーリーが二人のもとへ駆け込んできた。伊部の両肩に手を置いてすごい剣幕で訊ねる。

「伊部！　今日マックスに会うと言ってたな？　俺も一緒に行く！」

「え？」

「説明は後だ。早く！」

伊部の腕を強引にひっぱり、チャーリーは走りだす。

「ちょっ!?」

伊部も英二の腕を摑み、日本人二人はわけもわからずチャーリーの後を追った。


その夜、フォークナー刑務所のゲートが開き、護送車が入ってきた。

所長室では所長のワイゼンバーグが机上にタブレット端末を置き、三人の囚人たちにアッシュの写真を見せている。

「『これ』が、お前たちの獲物だ」

囚人たちは口笛を吹き、口々に感想を述べた。

「へへっ、なんだ、お姫様じゃねえか」

「ほぉ……こりゃ楽しくなりそうだぜ」

そう言って指を鳴らす囚人の腕には、蛇のタトゥーがあった。

いよいよ、監房エリアの鉄格子の扉が開いた。

囚人服姿のアッシュを連れ、看守が入ってきた。さっそく囚人たちはアッシュを見て囃《はや》し立てる。

「わはーっ、きゃーわいいっ！」

「ぼーやぁ、年いくつぅ？」

ぎゃははははっと下卑た笑いが巻き起こる。

そんな歓声など気にも留めず、アッシュは長い通路を歩いてゆく――。

#03 河を渡って木立の中へ

Across the River and Into the Trees

「こっちじゃよくあることなのか？　裁判なしで刑務所行きってのは」

面会室でマックスを待ちながら、伊部がチャーリーに訊いた。英二もずっとアッシュのことを気にかけている。

「法律上は問題ないが、まれなケースだ」

「アッシュはこれからどうなるんです？」

「それは――」

と、そのとき、面会室に大柄の白人男性が入ってきた。

「いよお～、シュンイチ！」

大きな声がチャーリーの声を掻《か》き消し、豪快男に伊部が席を立って駆け寄る。

男のあっけらかんとした明るさで、場の空気がほんの少しだけ和んだ。

「おー、マックス！」

「久しぶりだぜ！」

「ったくおまえはァ、なんだよ刑務所《ムショ》になんか放りこまれやがって。警官ぶん殴ったんだって？　お蔭《かげ》でえれー迷惑だぜ！」

伊部の口調はとても親しげだ。それだけ男――マックス・ロボとは仲がいいのだ。

「がははは！　すまねーすまねー！　ん？　チャーリーどーした、妙な顔して？」

チャーリーに神妙な面持ちでじっと見つめられ、マックスはきょとんとする。

――チャーリーの話をまとめるとこうだ。

今日入所するアッシュという少年を、囚人たちの魔の手から守り抜いてほしい。

「無茶《むちゃ》を言うなよ、おい。他人のことどころじゃねぇ、自分のことだけで手一杯だ！　第一あんな荒っぽい連中相手に、このデリケートな俺に何ができるってんだ！」

ひととおり聞き終えたマックスが、身振り手振りで必死に訴える。

「無理を承知で頼んでるんだ！」

チャーリーは机を叩き、深刻な眼差《まなざ》しでマックスを見た。

「……つってもよぉ……」

面倒くさそうに頭を掻くマックスは、今にも泣きだしそうな顔の英二に気いた。

「お願いです。彼は僕の命の恩人なんです。どうか、彼を守ってもらえませんか？」

純粋でまっすぐな眼差しを向けられては、マックスも断りきれない。「はぁ」と頭を抱えた。

「新入りだ。仲良くしな」

その日の夜。二段ベッドの下段で、開いていた本を顔に伏せて寝転がっていたマックスのもとに、看守がやってきた。例のアッシュという少年を連れて、看守は鉄格子の扉を開けた。

扉が閉まり、アッシュが周りを観察しながら房内に入ってくる。本から顔を覗かせて様子を見ていたマックスは、本を閉じて身を起こし、笑顔で手を差し伸べた。

「マックス・ロボだ。よろしく」

アッシュは無表情で握手に応える。

「……アッシュ・リンクスだ」

「若いな。いくつだい？」

「おっさんこそいくつだよ？」

「『おっさん』だとぉー？　俺はまだ三十三だ」

聞き捨てならない発言に、つい大声をだすマックスに、他の房の囚人たちから紙くずや石鹸《せっけん》が投げこまれる。

「うるせーぞマックス！」「ブッとばすぞ！」

いかつい声が飛んできて、マックスは縮こまって小声で謝る。

「はい、すンません……」

「立派なおっさんじゃねーか。俺は十七だよ」

アッシュはフッと笑いながら階段を上り、上段のベッドにあがっていく。マックスはそれを目で追い、少しふてくされながら質問を続けた。

「ちぇっ、お前と比べりゃ誰だっておっさんだぜ。クニはどこなんだ、親兄弟は？」

「……あんたはお喋《しゃべ》りだな」

寝転がったアッシュが面倒臭そうに言う。

「ああ、すまん、こう見えてもジャーナリストなんでな」

「ふうん……マックス・ロボって、『グリニッヂ・トリビューン』のコラムニストと同じ名前だな。『バグダッドの730日』って本書い――」

マックスはアッシュの言葉を遮り、嬉しそうに下から顔を覗かせた。

「知ってるのか？　俺だよ、そのコラム書いてんの！　その本も俺んだ！」

アッシュは壁の方を向いて、悪気なく答える。

「あれなら、ウイリアム・オースターのルポのほうが面白かったな。あんたはスカしたルポなんかより、コラムに絞ったほうがいいいんじゃないの？」

アッシュがチラッとマックスのほうを見やる。マックスは、ズーンと深く落ち込んでしまう。喜怒哀楽がわかりやすい男なのだ。

アッシュは目を閉じて、寝る体勢をとりながら言った。

「なんだよ、褒めたつもりだぜ。あんたのコラムはヘタな小説よりよっぽど面白いんだから」

マックスは盛大に心の中で嘆いた。

(なんて奴だ、俺の気にしてることをズバッとつきやがって!)

そして、面会室でチャーリーに忠告された一言を思い出す。

――とにかくアッシュはただのチンピラじゃない。舐めてかかると痛い目を見るぞ。

マックスは下段ベッドに寝転がりながら、上段の天井を見つめ考えこんでいた。

アッシュは既に眠りについている。

(……参ったな。想像してたのとだいぶ勝手が違うぜ。専門書を読み、地方紙のコラムにまで目を通すインテリ不良少年か)

朝がきた。マックスはアッシュを連れてフォークナー刑務所内を案内しながら、まだ考えごとを続けていた。

(……待てよ、だとすると、ケンカのほうはからっきしかもしれねえな! だとすりゃしめたもんだ。一緒にご本でも読んでりゃいい)

それなら護衛も楽そうだ。ウキウキしながらマックスは案内を続ける。

「こっちが工作室で、あっちが面会用のホール、電話ブースはその隣にある」

アッシュは説明を聞きながら、廊下を行き交う囚人の視線に眉をひそめている。

「で、あの上が図書室だ。どうだ、ちょっと行ってみないか？」

「なんで皆、俺をじろじろ見るんだ？」

アッシュが不愉快そうに言い、マックスもようやく周りの視線に気づいた。

「新入りはたいてい珍しがられるんだ。それにお前は若いからな」

「ふん」

アッシュの綺麗《きれい》な横顔をチラッと見て、マックスは言いにくそうに切り出した。

「……あ、なあ、お前。あんまり一人で出歩かんほうがいいぞ」

アッシュは立ち止まり、マックスを見る。

「なんで？」

「だからぁ、その……ここじゃ若い奴はそれだけで『お姫さま』だからな」

マックスはそう言ってしまってから、黙り込むアッシュを見て気を揉《も》んだ。

（まずい、おびえさせちまったかな……）

そう思い、すかさずアッシュを安心させようと肩をポンと叩く。

「大丈夫、俺が切り抜ける方法教えてやるから」

そうこうしているうちに食堂につき、二人は列に並んで昼食を受け取った。

トレイにのせられた食事を運びながら、アッシュがぼやく。

「ちっ、ひでーな、炊き出しのスープだって、もっとマシな匂いがするぜ」

「まあ、慣れるまでは時間はかかるけどな……ここへ座ろう」

席に着いた二人の耳に、四人たちの声が聞こえてきた。

「えれぇかわいいじゃん」「夜這いしちゃおっかなーっ」

無論、四人たちはアッシュを狙っている。マックスは耳打ちするように言った。

「なるべく一人っきりにならねえほうがいい」

すると、アッシュは冷ややかな視線を送る。

「あんたはどうなのさ……やけに親切じゃないか」

あらぬ疑いをかけられていることに気づき、マックスはぎょっとして机を叩く。

「おっ、俺が？　じょーだんじゃねえ、心配してやってるだけじゃねえか！」

そんな二人の前に、突然男が立った。

「よぉ、ニューフェイス。えらく若いな、いくつだい？」

右腕に蛇のタトゥーが入っている。アッシュは無視して食事をつついた。

「なんだよ、恥ずかしがってんのか？」

言いながら、男はアッシュの向かいに腰をおろした。

「あ、あのなガーベイ、こいつは――」

割り込もうとするマックスの両肩を、ガーベイの仲間二人が押さえつける。

「なあ坊主、俺んとこへ来ないか？　いろいろ、いいことがあるぜ」

ガーベイは言いながら、無視を続けるアッシュの手にぬるりと自分の手を重ねた。

「仲良くしようじゃねえか……な」

その瞬間、アッシュはガーベイの顔面に食事のトレイを叩きつけた。

机の上に飛び乗って助走をつける。臭いスープを全身に浴びて状況も理解できていないガーベイの顎を、思いっきり蹴り上げて怒りを露わにした。

「ブッ、は！」

「気色わりぃことすんじゃねえっ、この野郎！」

アッシュはガーベイに馬乗りになり、とっくみあいの大騒ぎになってしまう。

「なっ……！」

思いもよらない展開に、マックスは一瞬、呆気《あっけ》にとられた。

ガーベイの仲間も乱入し、周りにいた囚人たちも二人の喧嘩《けんか》をはやしたてる。

マックスは野次馬《やじうま》にうもれながら、大声で看守を呼んだ。

「アッシュ！　やめろ！　看守――！」

「何をやってるお前ら！」

やってきた看守が二人がかりでアッシュを取り押さえ、食堂の外へ連れて行く。

「いってーな！　放せよ、バカ野郎！」

看守にわめき散らしながら連行されるアッシュの後ろ姿を見送って、マックスは後悔に打ちひしがれていた。

（なんてこった……チャーリーの奴、とんでもねぇ奴を押しつけやがった……！）

一方アッシュは、真っ暗な反省房にぶちこまれた。看守がバンッと扉を閉める。

「当分ここで頭を冷やせ！」

「フン……」

アッシュは先ほどの食堂での騒ぎのどさくさで手に入れ、服の中に隠していたフォークをそっと取りだした——。


「……うーん、どうもわからんな」

夜な夜な試験管を前に唸《うな》っているのは、ドクター・メレディスだ。

コツコツとヒールの音を響かせていた助手のブランディッシュが、それに気づいて足をとめる。

「何がですの？」

メレディスはパソコンに向かいながら頬杖をつき、ぐったりした様子で答えた。

「アッシュに頼まれた例のヤツさ。主成分はリゼルジック・アシッド、ジエチルアミド——つまりLSDさ。ラットの実験はすべて同じか？」

「はい」

「だが……突発的な凶暴性、攻撃型、破壊行動——」

言いながら、ため息をつく。

「LSDにゃ、こんな症例はねえはずだ……」

立ち上がったメレディスは、カーテンを開けた。そこにはアッシュから預けられたうつろな目をしたグリフィンがいた。

「グリフィン、お前の弟はとんでもない面倒に巻き込まれたのかもしれんぞ……」

フォークナー刑務所の反省房内で、アッシュは冷たいコンクリートに寝そべり、思案を巡らしていた。

（バナナフィッシュ……一体なんなんだ。人か？　それとも何かの暗号名……？

ディノの野郎、何を企《たくら》んでやがる……？）

アッシュは身を起こし、昔のことを思い出す。自分を商品として品定めする、ゴルツィネの姿を。怯えていたあの頃を。

そして、スキップの死に顔——。

（奴が何を企もうと、必ず俺は……。十一のときに奴らにつかまって以来、俺はずっと待ってた……自由になるためには奴と戦うしかないんだ。絶対に許さねぇ……虫けらみてえにスキップを殺しやがって。……奴がどんな手を使おうと、必ず勝って、生き抜いてやる……！）

アッシュは強い眼差しで天井を見上げる。

そして、三日が過ぎた。

「出ろ」

看守が錠をはずし、ガチャッと音をたてて反省房の扉が開けられた。室内に光が差し込み、三日分やつれた顔をしたアッシュを照らしだす。

「これに懲りて少しはおとなしくしろよ！」

看守はアッシュを工作室に促す。塗装作業に勤しんでいた囚人たちが振り向いた。

「フン……」

退屈そうにペンキを塗っていたマックスもアッシュに気づき、歩み寄る。

囚人たちは相変わらずアッシュをじろじろ見ながら「出てきたぜ、おてんばが」などとからかうように言う。

「おかえり。反省房帰りにしちゃ元気そうだなあ」

気さくに声をかけてきたマックスに、アッシュはつれない調子で返す。

「俺は生まれてこのかた、一度も『反省』ってヤツをしたことがないからな」

マックスは呆れ顔で肩をすくめた。

「おみごと……」


何台もの公衆電話が並び、囚人たちは熱心に外と話をしている。

マックスはというと、壁にもたれてチャーリーに連絡していた。

「……ああ、入った早々騒ぎを起こしてな、連中から目の敵だぜ。……とにかく早くなんとかしてくれ。頼むぜ、チャーリー」

一方、アッシュはグラウンドのベンチに一人腰掛け、思案を巡らせている。

（……あれを持ってちゃ危ない。ドクターのとこにはグリフィンもいる。早く別の場所に移さないと。でもどうやって？　電話は盗聴されてるだろうし、手紙も……）

行き詰まり、「くそっ」と声をもらすアッシュの顔のあたりに影がかかった。

「よーぉ、こないだはよくもやってくれたな」

ガーベイだった。アッシュは何か思いついたような表情で、ガーベイたちに素直に連れられてグラウンドを去っていく。

「……ったくあいつ、動くなって言ったのに……」

電話ブースから戻ってきたマックスが、グラウンドでアッシュを捜し歩いていた。

するとと、ベンチに腰掛けて他の囚人と談笑しているロブという男の姿が見えた。

マックスは足を止めて声をかける。

「アッシュ、見なかったか？」

「……さぁ」

興味もなく答えるロブの隣で、あぐらをかいていた別の囚人が言った。

「俺、知ってるよ」

「ほんとか？　どこだ」

マックスは嬉しそうに囚人に駆け寄った。

「でも、もう手遅れだと思うな。さっきガーベイたちと図書室に入ってったんだ」

楽しげに言われて、マックスは愕然《がくぜん》とする。

急いで現場へ向かうと、ちょうどガーベイとその仲間の三人組が、図書室から出てきて階段をおりてくるところだった。

「へへへ、こりゃ癖になりそうだな」

満足げなガーベイに、仲間の一人が心配事を呟いた。

「でも、仕事はよかったのか？　何か聞き出すんだろ？」

「へっ、んなもんいつだってやれるさ」

階段の下でマックスは、ガーベイたちを待ち構えた。

「よーぉマックス。泡食ってどした？」

「アッシュはどこだ」

マックスのもとまで階段をおりてきて、ガーベイは意味深なことを囁《ささや》いた。

「へへ、奴ぁな、生き延びるコツを心得てるぜ」

「……どういうことだ……」

「案外あっさり言うことをきいたのさ。もうちっと手ごわいかと思ったけどな」

ハッとして悔しげに下唇を噛むマックスの横を、ガーベイたちが通り過ぎていく。

「そんな話は聞きたくねえ！」

マックスは図書室へと向かった。本棚の間を走り抜ける。

「アッシュ！　アッシュ！　どこだ？」

そこでふと足を止めた。林立する本棚の間、部屋の一番奥に人影がある。

両手を縛られ、全裸で床に横たわっているアッシュを見つけ、すかさず叫ぶ。

「アッシュ！」

ひどい有様だった。ガーベイたちが欲望のまま、彼を蹂躙《じゅうりん》したのは明らかだった。

マックスはできるだけ人目につかぬよう、医務室にアッシュを運び込んだ。

――傷の手当ても終わり、ベッドに横になるアッシュに医者が言った。

「まあ、傷のほうはたいしたことない。心配しなさんな」

マックスは壁によりかかり、心配そうにアッシュを見た。

「化膿《かのう》止めを射《う》っといてやったから、今日はここで寝てな」

「……頭、痛いよ。何かクスリくれない？」

アッシュが気だるげに言う。

「頭ぁ？　シャレたこと言うじゃねえか」

「俺、粉薬とか錠剤、ダメなんだ。少しでも味がすると飲めない」

妙に子どもっぽく、アッシュが注文をつける。

「いちいちうるせぇ。ほら、これなら飲めるだろ」

医者は抽斗《ひきだし》をさぐり、カプセル状の頭痛薬を渡す。アッシュはニコリと笑った。

「サンキュー」

「ちゃんと飲めよ。仮病使ってクスリ溜《た》めこんでラリるバカがいるからな」

「わかったよ」

言いながら、アッシュは薬を口に放り、差し出された水で流し込む振りをした。

「そーそー、いい子だ」

それを見届けた医者は、さっさと医務室を出ていく。だが、アッシュは後ろ手に頭痛薬を隠し持っていた。マックスもそれに気づいてはいない。

マックスはベッド脇の椅子に腰をおろし、盛大にため息をつく。

「お前、これから大変だぞ。ガーベイの野郎、お前があっさり言いなりになったってうそぶいてたからな」

「多勢に無勢なんだ。殺されちゃ元も子もねぇだろ」

人の心配もよそに、これくらいなんてことないというようなアッシュの態度を見て、マックスはアッシュに責めるような目を向ける。それからかりかりと鼻をかいた。

「まあ、そりゃそうだが……それよりメシ食わんか？」

食事のトレイを机に載せてやる。よりによってデザートはバナナだ。マックスは皮肉めいた笑みを浮かべた。

「バナナなんか見るのもやだろ。どれ、俺が食ってや――」

手を伸ばしかけた途端、アッシュがグサッとバナナにフォークを突き立てた。

「……わかったよ……」

あれほどの目に遭って、少しも落ち込んだ様子がない。いつも通りのアッシュを見てマックスは呆れ顔で言う。アッシュはバナナを一口かじり、独り言を呟いた。

「バナナ……フィッシュか……」

その言葉にマックスは、ゆっくりと顔をあげる。

「今……なんて言った？」

まさか反応されるとは思わず、アッシュは平然を装う。だが、マックスはさらに食いついた。

「バナナフィッシュだと？　そう言ったな!?　なんでお前がそれを知っている！」

「……あんたこそ、なんでそんなにムキになるんだ。サリンジャーの小説に出てくる魚だろ」

冷静に言葉を選び、アッシュはマックスから目をそらした。

「嘘だ！　お前は何か知っている！」

アッシュの嘘を確信し、マックスは懇願する。

「頼む、教えてくれ！　奴の居所を知っているのか？　だからチャーリーは、お前を守れって言ったのか？」

「チャーリー？　あんた、やっぱり！」

アッシュに睨まれてもひるまず、マックスは勢いよく机を叩き、身を乗りだした。

「俺の質問に答えろ！」

食事のトレーが跳ねて、食べかけのバナナが床に落ちる。

「……あんた『奴の居所』って言ったな？　『バナナフィッシュ』って、人の名前なのか？」

「……そうだ。十年も調べて、やっとそこまでわかったんだ」

十年……マックスはうなだれた。あの日から、もうそんなに経ったのか。

マックスが調べたというバナナフィッシュに関する調査資料を確認するため、アッシュは早々に医務室を出て、マックスと共に房へ戻ってきた。

興味深く資料を読むアッシュに、マックスは内容の補足する。

「その記事を書いた奴は、二〇〇五年から七年までバグダッドで軍事顧問団の情報将校だったんだ。奴曰《いわ》く、『バナナフィッシュが個人か組織の名かはわからないが、ある特定の麻薬密輸密売ルートと浅からぬ関係があると思われる』……」

「面白い話だけど、そんな前から存在してたんなら、少しはウワサになってもいいはずじゃないか。まったく聞いたことないぜ」

アッシュは眉をひそめた。マックスは身を乗りだした。

「そこだよ。奴の記事によると、二〇〇七年以来、ぷっつりとウワサが出てこねえで、今年に入ってロスで何か情報を摑んだらしい」

「……こいつは今、どこに？」

「最後のページに写真と経歴が出てるだろ。除隊したあとフリーのライターをやってるって話だ」

ペラペラとページをめくり、最終ページを開いてアッシュの手が止まる。

「ここを出たら、早速会いにいってみるつもりさ」

「そりゃ無理だな」

マックスの言葉に、アッシュがあっさりと言う。

「……あ?」

「彼は死んだよ。俺の目の前でな……」

その男の名は、スティーブン・トムソン。そう資料には書かれている。

ノートの最後のページには、アッシュに白い粉の入った小瓶を渡し、目の前で死んだあの男の、生前の顔写真が貼られていた。アッシュは死ぬ間際のスティーブンの顔を思い出す。

マックスは顔をあげ、アッシュを見つめた。

「……どういうことだ……」

「自分でも気づかないうちに、ヤバイとこまで足を踏み入れたんだろうさ」

「そんな……なんてこった……」

愕然としてマックスが顔を覆う。ノートを手にしたアッシュは、ふいにマックスを見やった。

「……でも、あんたはなんで、バナナフィッシュを追ってるわけ?」

しばしの無言のあと、マックスは感傷的に語りだす。

「……友だちがな。十年以上前のことだが、俺はイラクにいたんだ。そのとき友だちが粗悪品の薬《ヤク》にやられた。いい奴だったんだ……詩が好きでよく自分でも書いてた。

そいつが最後に、俺に言ったんだ……バナナ――」

「なんて名前？」

　突然アッシュに遮られ、マックスは顔をあげる。

「え？」

「その友だち……なんて名前？」

　アッシュの様子がおかしいことを訝しみながらも、マックスは質問に答えた。

「グリフィン・カーレンリース。みんなグリフって呼んで――」

「……あんたの名前、マックス・グレンリード？」

「な、なんで俺の本名知ってんだ!?」

　立ち上がり、鉄格子のほうへ歩いていったアッシュをマックスが目で追う。

「あんたが……」

　アッシュは独り言のように呟き、マックスに背を向けたまま柵を握りしめる。

「俺にも本名があるのさ、俺の本当の名前はアスラン。アスラン・カーレンリース」

「な……お前、グリフの弟――アスランか？　なんてこった！　こんなとこで会うとはな！　いや奇遇だぜ！」

　アッシュがかつての親友の弟だと知り、マックスはオーバーリアクションで喜びを表現した。

「しっかし、性格は似ても似つかねーなあ。兄貴はおとなしい詩人だったが……」

「そうさ……兄貴は文章を書くのが好きで、よく手紙をもらった。あんたのこともよく知ってるよ」

アッシュもグリフィンのことを思い出し、静かに言った。

「そーだな。グリフとはよく――」

と懐かしげに話すマックスを遮って、アッシュは身体ごとゆっくりと振り返り、鋭い眼光でマックスに告げた。

「あんたが兄貴を撃ったこともね」

「え……」

マックスの顔から表情が消える。

「あそこへ置き去りにしたことも知ってるさ」

「それは違う！」

マックスは勢いよく立ち上がり、悔しそうに自己弁護する。

「あいつは仲間を……あの状況じゃ仕方なかった！　グリフは薬《ヤク》に頭をやられて、皆殺しになるとこだったんだ！」

「兄貴はあんたを信頼してたよ……手紙でよく、あんたのことを書いてた。あんただけが友だちだってね」

アッシュはうつむき、哀《かな》しげな顔をした。マックスも下を向く。

「兄貴の足は、今でも動かないよ……でもそれも仕方のないことだね」

その言葉に皮肉を読み取る前に、マックスは目を見開いた。

「い……生きてるのか、グリフは！　どこだ、どこにいる!?　会わせてくれ！」

詰め寄るマックスに、アッシュは力強く鉄格子を握りしめ、声を張り上げる。

「……会ったって、あんただってわかりゃしないさ！」

鉄格子を後ろ手に叩く。ガシャンと高い音がコンクリートの廊下に響きわたった。

マックスもその言葉にハッと足を止める。勢いよく顔をあげたアッシュの目は、怒りに満ち、涙で潤んでいた。

「弟の俺だってわからないんだからな！　『薬《ヤク》で頭をやられた』って、あんた自分で言ったじゃねえか！　その兄貴をあんたは見捨ててきたんだろう!?」

「ち、違う！　奴はあの後、本国へ送還されて……俺はグリフを捜したんだ！　でも――」

マックスは必死で訴える。だが、音を聞きつけてやってきた看守が会話を遮った。

「さわがしいぞ、お前たち！　さっさと寝ろ！」

看守はアッシュたちを睨みつけながら去っていく。

マックスは意気消沈して、深くため息をついた。

「寝よう……ゆっくり休めよ……」

ベッドに戻るマックスの後ろ姿に、アッシュは静かに宣言する。

「ここを出たら、あんたを殺す……」

マックスは振り返ることなく、アッシュの言葉を黙って聞いていた。

「おやすみマックス。あんたのコラム、好きだったよ」

房内が消灯する。マックスはベッドに横になりながら、壁に貼りつけられた写真やポスターを見た。その中には、自分とグリフィンの写ったイラク時代の写真もある。

壁の写真を叩いて、悔しさで身体を丸めながら目を閉じる。

(ちくしょう！　……なんで今頃……)

その夜はとても長かった。


小鳥のさえずる朝になった。

マックスは面会室で、今回の護衛依頼から降りる旨をチャーリーに告げた。

「降りるって……どういう事だ、マックス!?　そんな無責任な話があるか！」

身を乗りだして抗議してくるチャーリーを前に、マックスは下を向く。

「説明してくれ」

少し離れた席では、アッシュが英二や伊部と話している。

「よく来てくれたな、英二」

「君が会いたいって言ってるって聞いて、嬉しかったよ。……僕のせいでスキップがあんなことになってしまったから……」

うつむく英二の隣に歩み寄り、アッシュは親しげに肩を組んだ。

スキンシップに不慣れな英二は、少し驚いてアッシュを見る。

「バッカだなー、お前のせいじゃねーよ。日本人てなーおっかしなこと考えるな」

サッパリとした笑顔で言ってのけるアッシュを見て、英二は素直に聞き返す。

「え、そう……？」

「そうだって」

二人の仲睦《むつ》まじい様子を微笑ましく見つめながら、伊部はこっそり思う。

（どっちが年上なんだか……）

「伊部さん、あんたまだ写真撮ってんだって？　俺の仲間、どうしてる？」

英二に寄せていた顔をあげ、アッシュは伊部に訊いた。

伊部は一転、深刻な表情で答えた。

「……ん、実は危なくて近寄れない状態でね……」

「今、一番幅を利かせてるのがあのオーサーらしいんだ。どういう状況か、わかるだろう？」

英二にも言われ、アッシュは自分の手のひらに拳をぶつけて、苛立たしげに呟く。

「くそっ……あの卑怯者《ひきょうもの》め！」

一方、マックスの話を聞き終わったチャーリーは、難しい顔をしていた。

「そういうわけだったのか……」

マックスは顔を覆い、アッシュの言葉を思い出す。

「俺がバナナフィッシュを追っかけたのも、罪の意識ってヤツがあったからかもしれねぇ……ま、それももう終わりだ」

「……十年も追っかけたのにか？」

切なげな顔で訊くチャーリーに、マックスは肩をすくめ、お手上げというように手のひらを裏返してみせる。

「警部には、俺から事情を話しておく」

言いながら、チャーリーは席を立ってアッシュたちの席へ向かった。

「伊部、英二、そろそろ……」

「あ、はい」

三人は席を立ち、出口へと向かう。

英二はアッシュの隣を歩きながら、穏やかに微笑み、別れを告げた。

「じゃあ元気で。大丈夫、すぐ出られるよ」

アッシュも英二に向き合って歩み寄り、優しく微笑んだ。

「ああ……今日は来てくれてうれしかったぜ、英二」

と、アッシュはそっと英二の髪に触れた。

「え？　あ……うん……」

戸惑う英二の頬に手をそえ、アッシュはゆっくり顔を寄せていく。

「今度は一人で来いよ……な……？」

「え？　それ、どういう……」

英二の視界いっぱいに、アッシュの整った鼻先が迫った。

アッシュは英二の腰に手をあてて軽く引き寄せ、そのまま優しく唇を重ねた。

英二は当然、呆然と固まっている。

その後ろでは、口をあんぐりとあけた伊部とチャーリーが、若い二人の熱いキスを棒立ちで見届けていた。

「ん……」

アッシュは舌を入れて英二の口に何かを含ませ、瞼《まぶた》を開く。

ゆっくり顔を離しつつ、綺麗な緑色の瞳を鋭く光らせて英二を見つめた。

視線で念を押され、英二もアッシュを見つめ返す。

すぐに離れたアッシュは、軽い調子で英二の尻を揉んで、ウィンクしてみせた。

「じゃあな、スイート。バーイ」

アッシュは飄々《ひょうひょう》と去り、残された英二は目を見開いたまま固まっている。

「……英ちゃん……大丈夫かい？」

伊部が恐る恐る、固まっている英二に声をかけてくる。

「……僕、ちょっと、トイレ……」

しどろもどろにその場を立ち去る英二の後ろ姿を、伊部が気の毒そうに見送った。

「……英ちゃん、ひょっとしてファースト・キスだったんじゃないかな……」


トイレの個室に入った英二は、口の中から手のひらに何かを出した。

ゆっくり手を広げると、それは薬のカプセルだった。

「……中に何か……あ……」

カプセルを開けてみると、小さく巻かれた手紙のようなものが出てきた。

――英二、危険を承知でお前に頼む。チャイナタウンのドイヤーズストリートにある『張大《チャンタイ》』に行って、ショーター・ウォンという男に会って欲しい。俺の名前を出せば会えるはずだ。ドクター・メレディスから俺が預けたものを受け取って、安全な場所に隠して欲しいと伝えてくれ。くれぐれも気をつけろ。この事は絶対誰にも知られるな！

アッシュの筆跡だった。これを連れにも知られずに伝えるため、彼はあんな芝居を打ったのだ。個室で手紙を読み終えた英二は、廊下で心配そうに待っていた伊部とチャーリーのもとへ戻った。

「英ちゃん、大丈夫か？」

「だ、大丈夫です……」

気を遣われている。英二の挙動が不審なのも、キスのショックだと思われているようだった。帰りの車内、談笑する伊部とチャーリーの横で、英二は一人、窓の外を見つめていた。

アパートに到着すると、英二は寝室にこもった。しばらく小さな手紙をじっと見つめるが、やがて覚悟を決めて部屋を出る。

「僕、ちょっと出かけてきます。買いたい本があるんで……」

リビングでカメラの手入れをしている伊部に声をかけ、精一杯の嘘をついた。

「いいけど、気をつけろよ。危ないとこ行くんじゃないよ」

「はい……」

うしろめたさに背を向け、心の中で謝る。

(ごめんなさい伊部さん……)

英二が玄関を出ていこうとした瞬間、「あっ！」と伊部に呼び止められ、英二はドキッとして立ち止まった。

「サンデー、あったら買ってきてくれない？」

「……わ、わかりましたー……」

内心胸をなでおろしながら、英二は作り笑いで伊部を見た。

＊　＊　＊

「東洋人のガキ？　そいつが面会に？」

ゴルツィネ邸の居間で、オーサーが側近のグレゴリーに訊いた。

「……ああ、市警の刑事とな」

「ふん」

顎を押さえて考え込むオーサーに、ソファに腰掛けたゴルツィネが声をかける。

「アテがあるらしいな」

「奴がただ世間話をするために面会なんかするはずねえ……パパ・ディノ。俺に任せてみないか？　ガーベイと奴ァぼやぼやしてんだろ？　なら俺が山猫の代わりに、可《か》愛《わい》い日本猫をプレゼントするぜ」

不敵な笑みを浮かべ、オーサーは言う。アッシュの気に入っているものは、すべて踏みにじってしまいたい。──楽しい狩りを始めるのだ。

チャイナタウンのせせこましい路地を、英二は一人、スマホに表示させた地図を頼りに歩いていく。

出店で買った紫色のサングラスをかけ、派手なスカジャンをだらしなくはおり、タンクトップの左肩をはだけさせている。いつものような服装では、真面目すぎてここでは悪目立ちしてしまう。見た目だけでも周囲に合わせることで、なるべく地元の人間に溶け込もうという英二なりの作戦だ。

（チャイナタウンかぁ……ここもおっかないって聞いたんだけど……。えーい、今さらビビッてもしょーがないや）

そんな英二の遥《はる》か後方には、こっそりと跡を尾《つ》ける一人の白人がいた。

スマホが示す目的地周辺に辿《たど》り着《つ》いたはずなのに「張大飯店」は見えず、英二は足を止める。

「おかしーな……この辺りのはずなんだけど……」

すぐ近くの店の前に腰掛けている二人の青年に気づき、恐る恐る声をかけてみた。

「あの……ちゃ、『張大』って店、知ってる？」

それを聞いて青年たちは立ち上がり、英二に詰め寄る。

「なんだ、おめえは」

「その店に、なんの用だ？」

「えっ、いや……」

ひるんだ英二は足を細かく震わせながら、たじたじとして答えた。

「ぼ、僕は、あの……ショーター・ウォンという人に……アッシュ・リンクスの使いで来たんだ……」

「アッシュの……」

それを聞いて、青年たちは物腰を和らげる。

「ショーターはいねぇよ、オーサーの仲間が血眼で捜し回ってやがるんだ」

「『張大』なら、そこの散髪屋を曲がったとこだ」

と、一人の青年が親指で後方を差す。

「あ、ありがと……」

礼を言ってその場を立ち去り、英二は店の扉の奥へと入っていく。

数組の客が食事をしている店内を見回し、立ち惚《ほう》けていた英二の前には、いつの間にか店員らしき人物が立っている。

切れ長の目で綺麗な顔立ちをした店員だ。ベリーショートの髪型のせいか、少年めいた印象がある。が、骨格的にも身体の曲線から見ても、確実に女性だろう。

「一人？」

突然声をかけられ、英二はドキドキしながら答えた。

「えっ、は、はい……」

「好きなとこ座って」

「あ……」

店員は返事も聞かず、くるりと背を向けて奥へ去り、英二は仕方なく席に着く。

（……ご飯を食べに来たんじゃないんだけどな……）

そこへ、長い黒髭《くろひげ》をたらし、いかにも中華料理店の店主といった風貌の男性がヒョコッとテーブルの下から顔をだした。もぞもぞと立ち上がって、スープを差し出す。

「コレ、飲むといいよ。サービスね」

妙な登場の仕方に、英二は驚いて顔をあげる。

「私、張《チャン》。ここ私の店」

張は親しみやすい笑顔を崩すことなく、英二の向かい側のイスに腰掛けた。

「何か訊きたいことあるね、ボーヤ？」

英二は少し身を乗りだして、一生懸命張に伝える。

「あの、ショーター・ウォンて人を捜してるんです。直接彼に伝えなきゃならない、大切なことがあるんです」

英二の背後にある窓際の席では、先ほどから英二を尾行していた白人が、二人の会話に耳をすましていた。

「そう……でも残念ね。彼、ここにはいない。誰も彼がどこに行ったか知らない」

張は首を振りながら残念そうに言い、英二は落胆して肩を落とす。

「そうですか……それじゃ、ドクター・メレディスって、ご存知《ぞんじ》ありませんか？」

質問する英二の声を盗み聞き、白人の男が素早く携帯で誰かに連絡する。

もちろんこれに、英二は気づかない。

結局、成果はなかった。ショーターへの手がかりが途絶えてしまった。しょぼんとしおれながら英二が店を出ると、辺りはもう真っ暗になっていた。

暗い夜道をトボトボと歩きながら、英二は考えをまとめる。

(手がかりくらいあると思ったのに……。がっかりするだろうな、アッシュ……。仕方ない、そのドクターのとこへ行ってみよう)

ドクター・メレディスが何か知ってるかもしれない、と英二は前向きに気持ちを切り替えた。

既に消灯した房内で、机に向かって書き物をしていたマックスは、視線に気づき、手を止めた。

「……なんで、じろじろ見るんだ？」

アッシュは壁によりかかって、マックスを見つめたまま答えない。

「なぜ何も言わん？　俺が憎ければ罵ったらどうだ。……聞いてるのか!?」

マックスは苛立って立ち上がった。

無言を貫くアッシュの瞳に、マックスはわずかに恐れを抱く。

「なんだその目は……そんな目で見るのはよせ……」

アッシュの緑色の瞳が、グリフィンの瞳とかぶる。

あの日、自分が撃ってしまったグリフィンの虚ろな目を思いだし、戦慄が走った。

「やめろ……兄貴と同じ目で、俺を見るな！　俺を見るなあ――ッ！」

――これはグリフィンの目だ。

その目から逃れるように、マックスはグリフィンの胸ぐらに摑みかかる。

二人の足がもつれ合い、そのままベッドに倒れ込むと、マックスは馬乗りでグリフィンの首に手をかけていた。

「うるせーぞロボ！　いい加減にしろ！」

囚人たちの声が聞こえて、マックスはハッと我に返った。

違う。これはグリフィンではない。グリフィンに見えていたアッシュの首からパッと手を離し、マックスは机に戻って背を向けた。

「あ……すまん——すまん……つい……」

辛そうに顔を覆い、マックスは自分を戒める。

「……看守に頼んで房を変えてもらおう。その方がお互いのためだ。俺を殺したいというなら、好きにするといい。もうたくさんだ……おやすみ、アッシュ……」

アッシュは複雑な表情でその広い背中を見つめていた。


ドクター・メレディスの診療所は、古い雑居ビルの一室にある。

英二は張に書いてもらったメモを手に、表札のないドアの前でノックした。

「すみません、ちょっとお聞きしたいことが……」

扉を開けた英二は、いきなり誰かに頰を摑まれた。サングラスが床に落ちる。

はっとして顔を見ると、それはオーサーだった。室内では彼とその手下たちが待ち構えていたのだ。

「待ってたぜ……サムライ・ボーイ」

オーサーが、ニヤリと笑った。

＃04 楽園のこちら側

This Side of Paradise

とある雑居ビルの一室にある、診療所の扉の前に、二人の見張りが立つ。

その狭い室内では、オーサーが二人の手下と眼鏡の研究員――エイブラハム・ドースンを連れ、傷だらけのメレディスと助手のブランディッシュ、そして英二が拘束されていた。

両手を縛られ思うように身動きがとれない英二は、突き飛ばされてスツールにあたり、躓《つまず》くように腰をかけた。

「ここを教えてくれて感謝するぜ」

そう言って、オーサーが英二を見下ろす。

「お前をずっとつけてたのさ……アッシュに何か頼まれたんだろう？」

「……何かって？」

英二は恐怖と強がりの入り混じった表情で、オーサーを見上げた。

「お前はディノへの大事な土産だから、傷物にする訳にはいかないからな」

オーサーはニヤつき、ブランディッシュを拘束していた手下に顎で合図する。

ブランディッシュの喉元にナイフが突きつけられ、メレディスが咄嗟に叫んだ。

「彼女に手を出すな！」

オーサーは英二を見下ろしたまま、不敵な笑みを浮かべた。

「吐きな。女が死ぬトコを見たいか？」

追いつめられた英二はオーサーを恨みがましく睨みつけ、アッシュとの約束を放棄する覚悟を決める。

——ごめん……アッシュ。

「預かったモノを受け取るようにって」

事情を知らないオーサーは眉をひそめた。その後ろで、エイブラハムが過剰に反応し、指で大きさを示す。

「粉末の入った小さいビンだ。このくらいの！」

「そんなの机の上だ！　とっとと持って出てけ！」

メレディスの言ったとおり、机の上には薬の入った小ビンあり、エイブラハムは昂《こう》奮《ふん》した様子で、さも大事そうにそれを手に取った。

それを見届け、オーサーが手下に指示をだす。

「よし、殺せ」

英二は焦りを露わにして訴えた。

「ちゃんと喋っただろ!?」

「お前は連れてってやる。ディノのおもちゃにされたら、アッシュはさぞ苦しむだろうからな」

オーサーが冷酷に笑う。かつて、銃を触ろうとして切り落とされた指の醜い縫い傷を頭上にかざし、力強くギュッと握る。

「奴の大切なモンは、片っ端から奪ってやる。スキップも死んだ！　こいつらも殺す！　お前はあの変態じじいに麻薬漬けにされて、骨までしゃぶられろ！」

右手で髪を掴まれる。復讐心にまみれたオーサーの顔を、英二は精一杯睨んだ。

「……イカれてるよ、あんた」

「あいつには、さんざんコケにされてきたんだ。死ぬまで苦しめてやる。お前も廃人にされる前に『ハラキリ』でもしたらどうだ？　ハハ、そんときゃあアッシュを呼んでやる」

言いながら出口へ向かい、ドアの前で英二を振り返ったオーサーが、背後の気配に気づく。入口に人影がある。誰かが立っていた。オーサーの後頭部に銃をあて、撃鉄を起こしてガチッと音をならした。

「『ハラキリ』すんのはお前の方だぜ。オーサー」

その声に、エイブラハムとウーキーが振り返り、叫んだ。

「ショーター！」

英二は探していた人物の登場に驚き、「え……？」と顔をあげた。

「よくもまぁ、ベラベラと……。見張りがやられたのも気づかなかったか？　物騒なモン出せ。ボスの頭に穴が空くぞ」

「くそ……」

ウーキーが悔しげに銃を床に置き、手下たちもナイフを捨てる。ただ一人を除いて全員が武器を手放した。

震える手で銃を構えているエイブラハムに、ショーターは余裕の表情で言う。

「やめな、おっさん。あんたにゃ人は撃てねぇ」

その時だった。

ショーターの隣の部屋のカーテンが開き、車イスから立ち上がったグリフィンが、うつろな表情を浮かべたまま全員の前に姿を現したのだ。

「ヒッ!?　……グ……グリフ――」

エイブラハムは驚愕した。幽霊でも見たかのように怯えてあとずさりする。

「うそだ……ウソだ！　ウソだ！　死んだハズだ！　死んだハズだお前！　なんでこんなトコに⁉」

パニックになった男をぼんやりと見ていたグリフィンの瞳に、わずかに生気が蘇《よみがえ》ってくる。

「……あんた……」

グリフィンが、何かを思い出したように男へ手を伸ばす。

「バナナフィッシュ……エイブリー……」

ヨロヨロと歩み寄るグリフィンに、エイブラハムは思わず叫び声をあげる。

「うわあああ……来るなあッ‼」

エイブラハムは、身じろぎつつグリフィンに銃口を向けた。

見ていたメレディスが叫ぶ。

「よせ！」

パンッと発砲し、グリフィンの身体が弾かれる。

英二はショックに総毛立った。ブランディッシュの高い悲鳴が室内に響く。グリフィンの胸から鮮血があふれてきた。

その隙を衝《つ》き、オーサーがショーターの鳩尾《みぞおち》に肘打ちを喰《く》らわせ、振り向きざまに腕をはたいて銃を落とす。

「グリフィン！」

メレディスは身を乗り出す。

「かせッ！」

ウーキーが怯えるエイブラハムの銃を奪い、ショーターに向けた。

オーサーの荒っぽい右ストレートを、流れる動きでブロックしていたショーターは、間一髪でウーキーの向ける銃口に気づき、「わわっ」と銃弾をよけて床へしゃがみこむ。

「またなショーター」

その隙に、オーサーはさっと玄関を出て行き、その手下たちも震えるエイブラハムの背を押しながら出口へと向かった。ウーキーは床に伏せていたショーターの前で足を止めるが、構えた銃はショーターに素早く蹴りあげられる。

舌打ちするウーキーに続いて、階段を下りかけていた手下も振り返り銃を構えた。

「クッ！　英二、ふせろ！」

ショーターが壁に背をつけて叫ぶ。スツールに座っていた英二は肩から床に転げ落ちる。その瞬間、英二のすぐ後ろに着弾して洗面台の鏡が割れた。

「このケリはいつか必ずつけると、アッシュに言っとけ！」

階段下のオーサーが捨《す》て台詞《ぜりふ》を吐き、軽やかに手すりを飛び越えて去っていく。

「刑務所のルポでもと思ったんだが、それももう……あれ？」

スクラップブックと一緒に置いておいたはずのノートがないことに気づき、じっと考える。

「なんだ、忘れモンか？」

「……いや、なんでもないさ」

マックスは軽く首を横に振った。

元の房にいるアッシュは、マックスのノートを手にしていた。バナナフィッシュについて書かれたページを読む。

ガシャンと誰かが入ってくる鉄格子の音に反応して、アッシュは素早くノートを隠した。扉の前には、ビール腹で体格のいいブルという男が立っている。

「なーに難しい顔してんだい？」

ブルはニヤニヤしながら扉を閉める。

「……なんだよあんた」

アッシュの顔を覗《のぞ》き込《こ》むと、ブルの伸ばしっぱなしの不潔な髪が前に垂れる。

「なんだよはねえだろう、同居人だぜ？　お姫様……」

昼なのに人のまばらな食堂を見まわして、マックスは雑誌を読んでいたロブの隣の席に着いた。

「なんだかやけに人が少ねぇな」

「ん？　面白い見せ物があるからだろ」

「……見せ物？」

マックスは首をかしげた。

「猛牛ブルが山猫小僧をモノにしてみせるんだとさ」

あっさり言うロブに、マックスは椅子から腰を浮かせた。

「ああ!?　よりによってブルと同房に!?」

「知らねーよ。つかお前、あいつに嫌気さして房変わったんだろーが。ほっとけよ」

その言葉でマックスは我に返る。

（そうだ。奴は俺を憎んでるんだ。放っておけばいい……）

紙コップを摑んで水を飲もうとするが、マックスには割り切れない想《おも》いがあった。

（……駄目だ。グリフィンの弟なんだもんな……）

「くそぉッ！」

やり場のない悪態をついて、マックスは勢いよく立ち上がる。机に叩きつけられた紙コップは無残にも潰れていた。

ロブがぎょっとして雑誌から顔をあげ、突然駆け出すマックスを目で追う。

「おい、どこ行くんだよ？」

マックスが向かった先――彼自身が元いたアッシュの房では、タンクトップを脱いで肩にかけたブルが、ベッドに座るアッシュにじっとりと詰め寄っていた。

「ガーベイにはあっさり許したんだろ？　優しくするから仲良くしようぜ」

「まっぴらだな。あのときは医務室に行きたかっただけなんだ」

そっけないアッシュの態度に、ブルがニタッと笑う。

檻の外では、他の囚人たちが無責任に盛り上がっている。

「カーワイーイ！　強がっちゃって」「医務室ならすぐ行けるさ、なぁブル？」

飛んでくる野次《やじ》をかわし、アッシュは面倒臭そうにブルの前に立った。

「頼むから、俺を怒らせないでくれよおっさん。俺はあんたみたいな男扱うの、慣れてんだ」

「へぇ、そうかい。なら扱ってもらおうか……」

嬉しそうなブルに、アッシュも挑発的な笑みを浮かべる。

「いいよ。その代わり可愛がってくれなきゃあ、やだぜ……」

とベッドに寄りかかり、ブルを誘うように言う。

囚人たちは口笛を鳴らして沸き立ち、ブルも昂《たか》ぶって醜い笑顔をみせた。

「ぐへへ……」

二階の騒ぎを聞きつけて、マックスは「しまった！」と階段を駆けあがった。

「やっぱり、お前は物わかりがいいぜ……」

ねちっこく歩み寄って頬をなでるブルに、アッシュは素早く引き抜いたベッドシーツをかぶせて目隠した。怯《ひる》むブルの後ろにまわりこんでヘッドロックをかける。

「うっ!?　な、なん……おッ!?」

状況が理解できていないブルの頭をそのまま抱え込み、房内の鏡に向かって勢いよく顔面を打ちつける。シーツを赤く染めて「ぐえっ」と倒れるブルを見て、囚人たちも「ひっ」と声をもらす。

アッシュが鉄格子をのぼって勢いよく背中へ飛び降りると、ブルは海老《えび》反りになって「ぐあぁぁ」と悲惨な呻き声をあげた。

騒ぎの渦中にアッシュがいると認識しているものの、どちらが優勢なのか判断ができずに現場へ飛び込んだマックスは、その場の状況も見ずに叫んだ。

「どいてくれ！　おいどけ！　やめろ、ブル！　相手は子どもだぞ！」

まるでプロレス会場のような盛り上がりの囚人たちを乱暴にかき分けながら、鉄格子の前まで近づき、マックスは自分の想像とは違う状況に呆気にとられる。

「だから言ったろ、慣れてるってな！」

房の中では不敵な笑みを浮かべたアッシュが、血まみれのシーツで顔を覆われたままの息を詰まらせているブルの首を、ベッドの上段から全力で絞めあげていた。

二人の看守が囚人たちの騒ぎに気づき、駆けつけてくる。

「なんの騒ぎだ！」「貴様ら、どけ！」

看守の制止にまぎれて、マックスは必死で説得にかかる。

「殺すなアッシュ！　そんな奴のために一生を棒に振るつもりか⁉」

叫ぶマックスを一瞥《いちべつ》し、アッシュはブルの首を力いっぱい絞めつけてから、勝ち誇った笑みを浮かべて力を抜いた。解放されて床に倒れるブルを見て、マックスはホッと胸を撫でおろす。

「おせっかいだな、おっさん」

アッシュはマックスに告げる。囚人たちが「つまんねぇなー」「もっとやれよ」とブーイングをするのにも見向きもせず、アッシュは軽やかにベッドの上段から飛び降りて、何事もなかったかのように房を出ていく。

それと入れ替わりで「騒ぐな、お前たち！」と看守が房の中へと入っていく。

マックスはスタスタと歩いていくアッシュを追い、後ろから声をかける。

「……あ、おい……待てよ……待てってたらアッシュ！」

するとアッシュは立ち止まり、だるそうに振り返った。

「うるせーな、なんだよ？」

「いや……大したもんだと思ってさ。これでお前は認められたんだ。一人前の雄としてな」

得意げにグッと拳を丸めるマックスを横目に、アッシュはふん、と鼻で笑う。

「くだらねぇ、クズどもに認められたって嬉しくもなんともねぇ」

「……そりゃまあ、そうだな」

マックスも笑いながら首の後ろを掻いた。

そんなアッシュの姿を、思案げにガーベイが見つめていた。


チャイナタウンの建物の陰で通りを監視していた英二は、人ごみの中、キョロキョロと自分を捜している伊部の姿を見つけて声を掛けた。

「伊部さん！」

すると伊部はすごい勢いで英二のもとに駆けつけ、腕を掴んで揺さぶった。

「どこ行ってたんだ！　丸一日、連絡も寄こさないで！」

顔を見るなり怒鳴りだす伊部に、英二が肩を縮こまらせた。

「俺は、またさらわれたんじゃないかと……生きた心地がしなかったぞ！」

「……ごめんなさい」

しおらしく謝る英二を見て事情があったことを察した伊部は、改めて問い直す。

「まあ、無事だったから良かったけど……何があったんだ？」

伊部をドクター・ヤンの診療所に案内し、英二たちはグリフィンの眠るベッドを囲んだ。

「彼は？」

「アッシュのお兄さんです」

と答える英二を見て、伊部は目を丸くする。

「ええっ？」

「オーサーの一味に撃たれて……でも大きな病院へ運べなかったんです。組織にバレてしまうから……」

うつむく英二を見て、伊部はわけがわからずに呟いた。

「組織って……」

英二はしっかりと伊部の目を見て話す。

「バナナフィッシュが誰かわかったんです。ほら、チャーリーが言ってた」

「ドクター。さっきの話してやってくれよ」

英二の隣でグリフィンを見つめながら、ずっと黙っていたショーターがメレディスを促した。

「ああ……」

奥の部屋に移動した四人の前に、コトッと小瓶が置かれる。

「僅かだが、奪われる前に別の場所へ移しておいたものだ」

「これは？」

「例の『殺された男』から、アッシュが預かったモノです」

英二が言い、メレディスが説明を始めた。

「LSDやなんかの幻覚剤の一種らしいということまではわかったんだ。ただ……」

「……ただ？」

「LSDなら効果継続時間は約八時間。だが、こいつは二十四時間症状が持続した。あるいはもっと続いたかもしれん」

「……かも？」

不明瞭な説明に、伊部が訝しんでいる。

「それ以上続けられなかったのさ。ラットがみんな死んじまったんだ。凶暴になり、極端な自己破壊行動に出てね……つまり自殺さ」

「自殺……」

伊部は眉根を寄せ、戸惑いの表情を浮かべた。

「チャーリーが言ってたでしょう。ここ数カ月、奇妙な自殺事件が何件も起きているって」

伊部は思い当たって、ハッと英二を見る。

「おそらく『あの男』が作り出したモノだろう」

メレディスは言ったが、事情を知らない伊部が困惑している。英二が補足した。

「オーサーの一味にメガネをかけた男がいて、アッシュの兄さんが彼を『バナナフィッシュ』って呼んだんです」

自分の知らないうちに、事態はとんでもない状況まできているとわかり、伊部は深刻な表情で黙りこんだ。


怒鳴り合う二人の声が、フォークナー刑務所の廊下に響きわたる。

廊下を行き交う囚人たちは、ひときわ手のかかる山猫の躾《しつけ》でも見ているような顔でマックスとアッシュの小競り合いを見つめている。

「いてーな！　放せ！」

「いいからついて――あいて！　ひっかくな！」

マックスが強引にその腕を掴んで引っ張っていく。

「会わせたい奴がいるんだよ！　俺の友だちの弁護士だ！」

「……冗談じゃねえ！　おせっかいはやめろ」

そこで立ち止まり、アッシュは掴まれた腕を振り払う。マックスが喰い下がった。

「何故《なぜ》、保釈申請をしない!?　ここにいたら、いつか殺されるぞ!」

「あんたの知ったこっちゃねえだろ。俺に構うのは罪の意識ってやつか?」

冷たくあざ笑うように言って、アッシュは去っていく。

「なんだと……」

マックスは痛いところを衝かれ、またしても否定ができずに立ちすくんでいた。


「マックス……おいマックス」

「えっ」

「話、聞いてたのか?」

面会室で向かいの席に座っているのは、友人の弁護士ジョージだ。彼は白昼夢に浸っているようなマックスを見て、呆れながら言った。

我に返ったマックスは改めてアッシュの言葉を思い出し、イラッとする。

「ああ、すまんジョージ。……くそっ、あの野郎!」

「人のことどころじゃないだろ」

ジョージに宥《なだ》められ、マックスは真剣な顔つきで訊く。

「……駄目か?」

「保釈は問題ない。すぐ認められるハズだ。問題はマイケルだ。……告訴を取り下げろ。勝ち目はない」

「俺の息子だぞ」

マックスは静かに言った。頭ではわかっていても言わずにはいられなかった。

「お前とジェシカの、だろ」

ジョージが正しく言い直す。目をそらすマックスを見て、ジョージも肩を落とす。

助けたい気持ちはあるが、これぱっかりは弁護士の自分でもどうしようもない。

「ただでさえ養育問題は難しい。母親に有利にできてる上に、ジェシカは高給取りだ」

「……どうしてもか？」

苦しげなマックスに、ジョージは厳しい言葉で告げた。

「マイケルをこれ以上苦しめたくないならな……悪く思うな」

「……いや、お前はよくやってくれたよ」

「ところで、その少年はどうなんだ？　本人にその気がなけりゃどうにも……」

ジョージは話題を変えるように切り出した。

「ああ……なんとかその気にさせるよ」

四人の一人がアッシュを捜しながら、ベンチテーブルでタブロイド紙を読んでいるロブの前を通過する。

「おーい、アッシュ。アッシュ・リンクスはいるかあ？」

そして、グラウンドの片隅で昼寝していたアッシュを見つけて立ち止まる。

「おい、マックスが呼んでるぜ」

「おっさんなら、さっき面会……」

そこでアッシュは完全に覚醒した。言いかけた言葉を呑んで、思案を巡らす。

「どこにいるって？」


——張大飯店内では、伊部と英二が言い争っていた。

「そんな、嫌ですよ日本に帰るなんて！　どうして急にそんなこと言うんですか!?」

英二はそう言って、机にドンと腕を置く。

「事態が変わったからだよ！　連中に君とアッシュが親しいことがバレたんだ。いつまた狙われるかわからないんだぞ！」

「……恐《こわ》くなんかありません」

本当は恐いくせに、イスの背にもたれかかって英二は強がってみせた。

その頑固さに呆れながら、伊部は冷静に危険性を伝える。

「そういう問題じゃない。これは現実なんだよ。現実のマフィアの世界なんだ。またもしものことがあったら、君の両親に顔向けできんよ。アメリカ行きだって、やっと納得してもらったんだから」

「……伊部さんの言うことは、よくわかります。ここに連れてきてもらったことも、とても感謝してます。……あのときは僕、落ち込んでたから……」

英二が辛かった時期を誰よりも知っている伊部は、湿っぽく黙りこんだ。

「でも僕、帰りません！　帰れないんです！」

英二が再び机をドンと叩き、ひときわ頑固な強い眼差しで伊部を見つめる。

「駄目だ！　一緒に帰るんだ！」

伊部も机をドンと叩き返し、負けじと英二を睨《にら》み返す。

言い争いを再燃させる二人を、髪の短い女性店員――マーディアが、店の奥から呼びつける。

「英二、伊部！」

ドクター・メレディスから至急の連絡がきたのだ。

急いでヤンの診療所へ戻ってきた英二と伊部は、状況を察して、ベッドの前で足を止めた。メレディスが小さなペンライトをかざし、グリフィンの瞳孔を調べている。

「先生……」

英二の声に、メレディスは立ちあがった。安らかに眠るグリフィンを見おろし、彼は静かに、はっきりと告げた。

「十二時三十二分。……残念だ」

「そんな……アッシュに……なんて言ったら……」

ショックのあまり、英二の足がよろける。うしろの壁へ背中をぶつけるように後ずさって茫然とする英二の横で、伊部は心を固めて言う。

「チャーリーに話そう」

「伊部さん？」

「これは俺たち素人の手に負えることじゃない」

伊部はハッキリと英二を諭し、それにショーターも賛同する。

「俺もそれがいいと思うぜ。相手が悪すぎる」

「……アッシュには、なんて？」

「今は……話さない方がいい。知ったらきっと冷静ではいられないだろう。そのスキをゴルツィネの手下に狙われるかもしれん」

英二はアッシュのことを思った。そして哀しげにうつむく。

「いつかは話さなきゃならないんでしょう？　スキップの次は兄さんだなんて……」

「チャーリーに電話してくる」

伊部は部屋を出て、廊下で悔しげに壁を殴る。

「クソッ！　見境なく人を殺しやがって……！　何が自由の国だ……笑わせんな！」

＊　＊　＊

警戒しつつ工房へ足を踏み入れたアッシュの背後から、角材の先がヌッと現れた。

アッシュは気配に振り返り、間一髪でそれを避ける。

「よう、ハニー。残念だがお前のお宝はボスの手に戻ったぜ」

先頭に立ったガーベイが言い、わらわらと寄ってきた二人の手下たちも下品な笑い声をあげた。

「……そんならもう用はねぇだろ」

アッシュはガーベイを見上げて、吐き捨てるように言った。

「そうはいかん。裏切り者にはたっぷりお灸《きゅう》を据えろってボスの命令なんでな」

同じ頃、刑務所内の電話ブースでは、マックスが受話器に耳を当てたまま、深刻な表情で先方の言葉を訊き返していた。

「え……なんて言ったんだ？」

『グリフィン・カーレンリースが死んだ』

電話越しのチャーリーの声が遠のいていく。マックスは言葉を失った。

『アッシュにはまだ話さないでくれ。警部が奴を出所させようと奔走してるのに脱走騒ぎでも起こされたら――』

「ああ……わかったよ、じゃ」

聞きながら、マックスは惚けたように電話機にしがみついた。

『おい待て、マッ――』

ガチャ、と一方的に電話を切り、マックスは放心状態のまま呟いた。

「グリフィンが……」

彼はアッシュの兄であり、マックスの親友でもあったのだ……。


工房で集団リンチを受けていたアッシュは、ドサッと床へ倒れこんだ。

「う……」

「ボスのお気に入りだったんだろ？　なぜ裏切った？　面白れえことがいくらでもできたろうに」

ガーベイらしい発想を鼻で笑い、アッシュはボロボロの身体で苦しげに言い返す。

「ハッ、笑わせるぜ……薬《ヤク》の取引やコールガールの上前はねるのの、どこが面白れえんだよ？」

へらず口を叩く腹にドスッと蹴りがはいり、アッシュは辛そうにむせこんだ。

「ゲホッガホッガッ、ぐ……」

「口のへらねえガキだな」

ガーベイはアッシュを冷たく見下ろす。


グラウンドで雑誌を読みながら大あくびをしていたロブが、マックスの声に気づいて顔をあげた。

「アーッシュ。アーッシュ！」

「あれ？　お前ら工房行ったんじゃなかったのか？」

マックスは「え？」と足を止める。

「アッシュを呼びにやったろう？」

自分が？　そんなわけがない。

マックスは嫌な予感を抱えたまま、工房へと走った。


その頃、工房ではガーベイがアッシュを壁に押しつけ、左腕でギリギリとその首を絞めあげていた。

「ぐ……あ……」

「へへへ……楽しもうぜ、ハニー……あの日みたいによ……へへへ」

ガーベイは蛇のように舌なめずりをして、片手で自らのズボンのジッパーに手をのばす。

と、その瞬間。アッシュが隠し持っていたフォークが首筋に突きつけられる。

「ぐ……」

気づいた手下たちが反応するも、アッシュはガーベイを脅す。

「あの時、一回きりだと言ったはずだ」

左手でフォークを首へ突きつけ、右手は自分の首を絞めあげるガーベイの腕を力強く掴んでいる。身動きのとれないガーベイの首筋にフォークが食い込んでいく。

「う……」

「あんたが絞め殺すのと、俺がアンタの首をかっ切るの、どっちが速いと思う？」

「このガキ……」

いきり立つ手下たちに、アッシュは告げる。

「動くな。仲間が死ぬぜ」

アッシュはフォークを首筋に突き刺したまま、ガーベイの腕をどけて、地上に足をおろす。

「ディノに伝えろ。俺を出せと。でないと警察《サツ》に全部喋っちまうってな！」

「わ……わかった」

そこへ、バンッと勢いよく工房の扉が開き、マックスが駆け込んできた。

緊迫した状況に慌てて、彼はつい口を滑らせてしまう。

「アッシュ！　これ以上、問題を起こすな！　グリフィンが……っ！」

アッシュが微かに反応し、その隙をつかれてガーベイが左手をふりほどく。そのまま右手で殴りかかるが、アッシュはそれを気にも留めずに軽々と避け、ガーベイは思い切り壁を殴ってしまった。

「ぐあああ！」

痛みに悶《もだ》えるガーベイに、アッシュがジャンピングヘッドバッドをかます。

マックスはつんのめるように立ち止まった。

アッシュはガーベイの手下たちに向かってフォークで牽制《けんせい》し、汚いものでも見るかのように床に倒れこんだガーベイを見おろすと、クルリとフォークを握り直した。

「このブタ野郎！」

ガーベイの股間めがけて、フォークをグサリと振り下ろす。

「ウッギャアアァ!!」

哀れなガーベイは白目をむいて絶叫し、その痛ましい光景には、マックスも思わず顔をそむける。

ガーベイを担いだ手下たちは、這々《ほうほう》の体《てい》で工房から逃げ出す。マックスは力が抜けたように床へ腰をおろしたアッシュのもとに駆けつけた。

「大丈夫か、おい？」

「さっき、なんて言った？」

「……え？」

マックスは動揺した。アッシュが畳みかける。

「兄貴がどうかしたのか？」

「い、いや、俺は——」

と言い淀み、目を泳がせるマックスの前にアッシュが立った。

「何があったんだ……なんとか言えよ！　聞いてるんだぜ、おい！」

「う、いや……それは……」

マックスはうつむき、口ごもってしまう。

「言えよマックス、本当のことを。また裏切るのか？　兄貴を見捨てたみたいに！」

その言葉に胸をえぐられ、マックスは決心する。

「アッシュ……どうか落ち着いて聞いてくれ。……グリフィンが死んだ」

アッシュを見つめ、静かに告げた。

二人の間に重く息苦しい沈黙が流れた。やがてアッシュはポツリと呟く。

「……発作で……？」

「いや、撃たれたんだ……ディノ・ゴルツィネの一味に」

アッシュはうつむき、黙っている。

「アッシュ……なんて言ったらいいか俺にも……どこへ行く？」

構わず無言で工房の出口へ向かって歩きだすアッシュに、マックスが声をかけた。

「待て！　まさか脱走する気か？」

慌ててアッシュの肩を掴んだ。

「よせ、射殺されるのがオチ――」

そう言いかけたところで腹に膝打ちをくらい、うずくまるマックスにアッシュは警告する。

「俺に構うな。これ以上つきまとうと、本当にブチ殺すぞ！」

「人が下手に出てりゃつけあがりやがって……やれるモンならやってみろ！」

マックスは顔をあげ、怒りと痛みに震えながらアッシュに殴りかかった。

警察署内でパソコンに向かって仕事をしているチャーリーのもとへ、ジェンキンズが慌てた様子でやってくる。

「……チャーリー、チャーリー！　マックスの弁護士の連絡先、わかるか？」

「オフィスなら。一体なんです？」

言いながら、チャーリーが連絡先の書かれたメモをジェンキンズにわたした。

ジェンキンズはメモを受け取り、チャーリーに書類を渡してから番号をプッシュする。受話器を耳にあてながら、書類を確認するチャーリーに視線を送った。

「アッシュ・リンクスの特別保釈申請に関わる報告書……え？」

「待ちに待ったゴー・サインだ」

チャーリーは書類内容を読み上げる。

「右の者、身辺保護のため特例として保釈を許可する。ドナルド・B・テイラーって、テイラー州判事ですか!?」

大物だ。ぎょっとするチャーリーに、ジェンキンズがケロッと答えた。

「わしが代数を教えてやったから、奴は高校をドロップアウトせずに済んだんだぞ。……もしもし？　スコット弁護士を」

電話がつながり、よそゆきに声色を変えるジェンキンズをじっと見つめ、チャーリーが溜息まじりに言う。

「裏口、使いましたね警部」

温厚で粘り強い先輩刑事は、意外なところにコネを持っていたのである。

工房では、アッシュとマックスの殴り合いが続いていた。

ウェイトで劣るアッシュが、殴り飛ばされて床に倒れこんだ。

「ゼェ……ゼェ……」

肩で息をするマックスの顔面に、今度はアッシュの右ストレートが飛んでくる。

マックスは顔面にパンチを食らったまま一歩もひかず、気合いで撥《は》ねのいた。

「元海兵隊をなめんじゃねえ！」

そう言って全力で拳を振りかざし、その勢いでマックス自身が床に倒れ込む。さすがに二人とも足にきていた。アッシュもよろけた勢いでテーブルに突っ伏している。もはや体力の限界だった。

「お……落ち着けってのが、わかんねえのか……このバカが……」

「俺は、あのブタどもにさんざんブン殴られたんだぞ……少しは手加減……しやがれ……！」

アッシュも肩で息をしている。マックスが言い返す。

「寝ぼけたこと言うな。手加減するぐれえなら殴るかバカ！」

「くそじじい……」

「くそガキ……」

へらず口で睨《にら》み合いになったところで、ロブがドアから顔を覗かせた。

「おーいマックス、いるのかぁ？　……あ？　何やってんだぁお前ら？」

ヘロヘロの二人を見て、ロブはきょとんとしていた。

その日の夜。静まり返った房内で、上段のベッドに寝そべったまま、アッシュは寝つけずにいた。その気配に気づき、机に向かっていたマックスが声をかけた。

「起きてるか？　看守から仕入れた特上のバーボンだ、飲むか？」

酒瓶を取り出してみせる。ブルのこともあり、二人は房を元に戻されていた。

「……いらねえ」

「じゃ、勝手にやらせてもらうぜ」

マックスは机に向き直り、バーボンをあおると独り言のように語りだした。

「俺には悲しむ権利がある。お前がどう思おうとかまわん。俺とグリフは友だちだったんだ。あの胸糞《むなくそ》の悪くなるような砂の街で」

街中で市民に向けて銃を撃つ兵士、逃げ惑う一般市民、爆発するトラック、爆弾を持たされた子どもたち——マックスは辛い過去を振り返る。

「敵も味方も大差はねえ……グリフィンは耐えられずに薬の力を借りたんだろう。弱さはあいつの責任だが、もしかしたらあいつだけがまともだったのかもしれないな」

再びグラスにバーボンをそそぎ、話を続けた。

「そういう弱い部分につけこんで儲けようとする奴らが、心底許せねぇ……バナナフィッシュなんてふざけた名前つけやがって」

言い切ってグラスをあおる。ハシゴがきしむ音が聞こえ、振り向くとアッシュがフォークを持って立っていた。

マックスはそんなアッシュを一瞥し、諦めたように視線を戻す。

「……いいぜ、好きにしな。俺も少し、疲れた。……死んだって聞いた時は、ガックリきちまった……もう一度会いたかったな……たとえ俺だってことがわからなくなっても……」

刺される覚悟を決めたマックスの後ろで、アッシュがポツリと語った。

「スティーブン・トムソン……あの男は息を引き取る前に『バナナフィッシュに会え』と言った。そして小さいロケットを俺に渡した。中から粉末の入った小さなビンが出てきた。それから奴は『ロス・アンジェルス・ウェストウッド42』と言い残して死んだ――俺が知っているのは、それだけだ」

マックスはハッとしてアッシュを振り返る。

「……なぜ俺に話す？」

「わからない……わからない、俺にも……」

その美しい緑の両目からは、涙が流れていた。

「あんたを憎めたらと思うよ……誰かを憎まなきゃ救われなかった……」

アッシュは力が抜けたようにベッドに腰を下ろし、うつむいている。

「俺は兄貴に育ててもらったんだ。兄貴がいなかったら飢え死にしてた。それが……あの薄汚ねえ病院で見つけた時には、一人じゃトイレにも行けない有様だ」

「それで、連れ出したのか」

その場面を想像するだけで、マックスは胸が痛んだ。

「ああ……でももう、それも終わりだ。兄貴が死んだってことがウソじゃないってわかる……本当に、グリフィンはもういないってことが」

そう言い終え、アッシュの心も少しだけ落ち着いていく。

「……お前も、辛かったな」

「同情なんかまっぴらだ！」

マックスはカッとなるアッシュの前に、バーボンの入ったグラスを差し出した。

「そんなんじゃないさ……飲めるんだろ？」

アッシュはマックスをじっと見つめ、それから酒に手を伸ばす。

「うまくねえ……」

「俺だって、うまくて飲んでるわけじゃないさ」

夜が、更けてゆく――。

＃05　死より朝へ

From Death to Morning

「これは君の保釈許可証だが、もし逃亡したり罪を犯したりすれば、ただちに保釈は取り消される。いいね？」

差し出された書類を一瞥《いちべつ》し、すらすらとサインするアッシュを、弁護士のジョージ・スコットが吟味するように見つめている。その隣ではマックスが、いつになく優等生面のアッシュを訝《いぶか》しげに眺めていた。二人からの熱い視線をあっさりと受け流し、アッシュは書き終わった書類を手渡す。

記入済みの書類に目を通し、ジョージは朗らかに握手を求めた。

「……いいだろう。これで君は条件つきで自由だ。おめでとう」

「ありがとうございます。ミスター・スコット」

儚《はかな》げに微笑《ほほえ》んで、アッシュは右手を握り返す。それから、ジョージとマックスを残して面会室から出ていった。

＊　＊　＊

「ほんとうですか？　アッシュは出てこられるんですか？」

下宿先のアパートで、ソファに寝転んでいた英二が嬉《うれ》しそうに跳ね起きた。

連絡を受けた伊部も、ホッとしたように頷《うなず》く。

「うん、ジェンキンズ警部が頑張ってくれたらしい。でもこれが最後だよ。アッシュを警部のもとへ送り届けたら、その足で空港へ行くんだ。いいね？」

真剣な眼差《まなざ》しで念を押され、英二は「はい」と返事をするしかなかった。

＊　＊　＊

「ああ、仕方なかろう……」

従順な配下であるグレゴリーが、思案顔で電話を切るゴルツィネに声をかけた。

「……何か？」

「山猫が檻《おり》から出るぞ。……あの小僧め」

ゴルツィネは、フッと口の端に皮肉な笑みを浮かべた。

＊　＊　＊

「もう支度はできたのか?」

監房の入口に立ち、マックスはベッドに腰掛けて俯《うつむ》くアッシュに訊《き》いた。

「支度なんか、別にないよ」

物憂げなアッシュを見て、マックスはきょとんとする。

(あれっ、やけにしおらしいな……)

そんなことを思いつつ、マックスは先ほどのジョージとの会話を思い出す。

弁護士接見室の入口で、アッシュは警察官にボディチェックを受けている。

それを横目に書類を片づけていたジョージは、肩すかしをくらった様子でマックスに言った。知った仲なので、二人の会話も遠慮がない。

「なんだ、素直でいい子じゃないか。あれなら判事や陪審員のウケもいいぞ」

「バーカ。それが奴《やつ》の手なんだよ。俺も最初、見事に騙《だま》されて、お陰でこのザマだ」

言いながら、アッシュに殴られた額の傷痕をジョージに見せつける。

「お前、性格悪くなったな。相手は無実の罪を着せられた十七歳の少年なんだぞ」

ジョージはマックスの言葉が信じられないようで、哀れみの眼差しを向けてくる。

本性を知らない相手くらいはまんまと欺《だま》しおおせるほどに、アッシュは全てに秀でているのだ。一人佇《たたず》む彼を見て、凶悪なストリートギャングのボスだと信じる人間が何人いるだろう。


——無実を罪を着せられた、十七歳の少年。

今頃になって、その言葉がマックスの心に突き刺さってきた。

たしかに、とんだ荒くれ者だとは思っていたが、アッシュはまだ十七歳なのだ。慣れない刑務所に連れてこられて、不安なこともたくさんあっただろう。

そう考えれば、出所前にしおらしくなるのも演技ではないのかもしれない。

(こりゃ、俺の勘繰りか……やっぱりグリフの死が、かなり堪えたのか……)

マックスは持ち前の人の良さでネジを巻き直し、すっかり活力を失ったアッシュを励ますことにした。

「気を落とすなよ、アッシュ? ここを出たら俺はもう一度、バナナフィッシュを追ってみるつもりだよ」

アッシュはうつむいたまま、黙ってマックスの話を聞いている。

「お前の教えてくれた話もあるしな、ディノ・ゴルツィネが相手なら、不足はねえだろ……」

「ディノのじじいのことは、俺がよーく知ってる。あんたには無理だよ」

ゆっくり顔をあげたアッシュの表情に気付き、マックスはハッとした。

アッシュは笑っていたのだ。

「……お前」

不敵な笑みに呆気《あっけ》にとられたマックスは、アッシュを呼ぶ看守の声に話の腰を折られてしまう。

「じゃ、元気でな、おっさん」

呼ばれたアッシュは立ち上がり、悠々と監房から去って行く。


「アッシュ！」

面接室でそわそわとアッシュの出所を待っていた英二が、嬉しそうに駆け寄った。

その後ろには、伊部とチャーリーの姿もある。

「よかったね、おめでとう！」

「世話になったな、英二」

アッシュに柔らかい視線を向けられてはにかんだものの、英二はグリフィンのことを思い出して、ひどくうしろめたい気持ちになる。その隣で、チャーリーがアッシュに忠告した。

「お前には、これからたっぷりと聞きたいことがあるからな」

アッシュはそれを黙殺して、面倒くさそうに肩をすくめる。


その頃、マックスはドタドタと監房内を走り回っていた。

「ジョージ！　おい、おいジョージ！」

出入口でなごやかに守衛と談笑していた弁護士のジョージが振り向く。マックスは息を切らして立ち止まった。息がまったく整わない。

「アッシュは？」

「あ？　今、出て行ったところだが……」

それを聞いて、マックスは大仰にうなだれて嘆いた。

「しまった！　俺は言っちまったんだ！　奴の兄貴がディノの一味に殺されちまったことを！　奴は復讐《ふくしゅう》する気だ！」

「な……な……なんだとー!?」

出所するアッシュを出迎えたチャーリーたちは、この事実を知らない。兄が殺されたことを、まだアッシュが知らないと思っているのだ。

ことの重大さを察して、血相を変えるジョージとマックスが同時に叫ぶ。

「ア―――ッ!!」

だがその悲鳴は、チャーリーたちには届かない―――。


駐車場に停《と》めてある車のところまで来ると、アッシュはチャーリーに言った。

「ねえ、チャーリー……今まで黙ってたけど、実は俺、兄さんがいるんだ」

グリフィンの話題が振られたことで、英二たちもギクリとする。

「そう……そりゃ知らなかった」

「きっと心配してると思うから、会って来たいんだ。警部んとこへ行く前にさ……」

十七歳の少年らしさをにじませて、アッシュはしおらしく伝える。

「んー……アッシュ、あのな……」

シラを切りとおせなくなり、チャーリーは悶絶《もんぜつ》して立ち止まってしまう。その様子に気づいたアッシュも、不安げな表情でチャーリーを見つめる。

「やっぱり駄目だ！　落ち着いて聞いてくれ」

耐えきれなくなったチャーリーは、白状する覚悟を決めた。

マックスから衝撃の事実を聞いたジョージは、携帯で電話をかけながら刑務所内を息せききって走っていた。

途中、ジョージは男性警察官にぶつかる。だが「おっと失礼！」と、ようやくそれだけを口にして、あとはハヒッハヒッと息を切らして駆け回る。やがて正面駐車場ゲートの前に辿《たど》り着《つ》いた。

ずっと電話がつながらないことに焦りつつ、ジョージは守衛に訊《たず》ねた。

「ディキンソン刑事の車は!?」

「たった今……」

守衛は去り去る車を指差す。それを見てジョージはヘナヘナと地面にへたりこむ。しかし、ダラリと下げた手の中の携帯から『こちらジェンキンズ』と声が聞こえてきて、ジョージは息を吹き返した。

「警部!?」

チャーリーは捕まえそこねたが、その上のジェンキンズに話が通れば、まだ間に合うかもしれない。アッシュと行動を共にしているあの車中の面々に、一刻も早くマックスの失態を伝えなければならなかった。

ジョージは電話口の相手に早口で説明を始めた。

運転中のチャーリーは、助手席で身を丸めるアッシュをチラッと見やった。

先ほどグリフィンの死を伝えてから、ずっとこの調子で窓のほうを向いている。

後部座席に座る英二が、そんなアッシュを見て辛そうに言った。

「ごめん、アッシュ……僕がドジで後をつけられたりしたから……」

「英ちゃん」

責任を感じて落ち込む英二を、伊部が隣で気遣っている。

無反応なアッシュを見かねて、チャーリーが声をかけた。

「……大丈夫か？」

アッシュはそっとフロントガラスを覗《のぞ》き込《こ》み、辺りを見まわす。

「……気分が悪い……停めてくれ」

「あ、ああ」

路肩に車を停め、助手席に回りこんでアッシュに手を差し伸べようと屈《かが》んだ。

「さあ、俺に摑まって……ん？」

そのとき、ポケットで携帯が震えているのにチャーリーは気づいた。

誰からだろう——と、ほんの一瞬目をそらしたその隙に、アッシュはチャーリーのグロック19を盗みとり、その銃口を本来の持ち主へと向けていた。

予期せぬ事態に、チャーリーはゆっくり後ずさる。

「なんのまねだ……？」

その問いには答えず、アッシュはチャーリーから視線を外さずに、後部座席で困惑している伊部と英二に告げる。

「悪いな、二人とも。車から出てくれ」

「バカなまねはよせ！　何を考えているんだ!?」

チャーリーの言葉に、アッシュは皮肉っぽく薄く笑った。

「あんたのおしゃべりな友だちに、わけを聞くんだな」

「……マックスか……あのバカ！　……とにかく落ち着け、犯人はオーサーの一味だってわかって――」

「そんなことは関係ない！　これは俺自身の問題だ……俺がこの手で始末をつける。さぁどいてくれ！」

なんとか説得しようとするチャーリーの言葉を遮って、アッシュが怒鳴った。

切迫した状況で、伊部は決心してチャーリーに視線を送る。

「危ない！　オーサーだ！」

伊部が叫ぶ。それが芝居とはすぐに察せなかったアッシュが、思わず銃口をさげて辺りを確認する。その腕を、飛びついたチャーリーが押さえつけた。

「うっ、くそっ！　放せ、このッ！」

車内で暴れるアッシュの足首を掴み、伊部も加勢する。

「いいぞ、伊部！　引きずり出せ！」

その状況にしばらく戸惑っていた英二は、意を決して運転席のドアを開けた。座席に座ると、ギアをパーキングからドライヴに切り替える。

「ふぇ？　英ちゃん？」

伊部の呼び声もよそに、英二は深呼吸してグンッとアクセルを踏みこむ。車はステアリングに合わせて加速した。

「うひゃあああっ！」

「うぉおおおっ！」

ドアの外、アッシュにしがみついたままチャーリーと伊部が引きずられる。

「ごめん、伊部さん！」

英二は叫んで大きくハンドルを切った。車が急カーブする。伊部とチャーリーは遠心力で飛ばされ、勢いあまって前方のゴミ箱に「どわぁ！」と頭からつっこんだ。

「待て、こらーッ！」

チャーリーの叫びも空《むな》しく、走り去る車の運転席から、グロック19が投げ捨てられて地面に転がった。

車はそのままハイウェイを走る。しばらくして、タウン方面に南下していく。

「あーあ、伊部さん、怒ってるだろうなァ」

運転しながらぼやく英二の隣、助手席をリクライニングさせたアッシュは、両足をダッシュボードにあげている。

「止めろよ」

え、と英二が訊き返す。もう一度「止めろ」と言われ、英二はハザードをたいて車を路肩に停めた。

「お前はここで下りろ」

アッシュは英二を見ずに言った。だが英二はアッシュを見つめて即答する。

「いやだ」

予想外の返事に、アッシュはようやく英二のほうを見やった。

「これは僕自身の問題でもあるんだ！　君のお兄さんは、僕の目の前で撃たれた……僕が跡なんか尾《つ》けられたりしたから……君にあれほど気をつけろって言われたのに」

悲痛そうな表情で、英二がギュッとハンドルを握りこんでうつむいた。

アッシュはそんな英二の言葉を軽くげんなりした表情で聞いている。

「……日本人てのはマゾじゃねえのか？　なんでも自分のせいにしたがるんだな……ハア、好きにしろ、面倒臭ぇ奴だな」

呆《あき》れと根負けでアッシュは肩をすくめた。英二はパッと顔を輝かせる。

「ほんと!?　じゃ、一緒にいていいんだね？」

「……その代わり、自分の身は自分で守れよ。足手まといはごめんだからな！　お前、俺より年上なんだろ？」

冷めたようにそっぽを向いて、横目でギロリと英二を見る。自分のほうが年上なことを思い出した英二は、恥ずかしくなって目を泳がせた。

「あっあ……はい」

しおらしく返事をしながら、英二はふと大事なことに気づいた。

「で、どこへ行くの？」

「はぁ……」

のんきな英二にますます呆れ、アッシュは先行きの不安さに深くため息をついた。


若い二人に出し抜かれたチャーリーと伊部は、喫茶店にいた。

「ふう、案の定大目玉だ。こりゃ格下げかな……」

神妙な顔をして考えこむ伊部のもとへ、上司への報告を終わらせたチャーリーが戻ってきた。困り笑顔で頭をかくチャーリーを見て、伊部が申し訳なさそうに言う。

「……すまん。まさかあんなことするなんて……普段はおとなしくて、どっちかっていうと引っ込み思案な子なんだが……」

すると、チャーリーは努めて軽妙に言った。

「気にするな、でも問題はこれからだな」

「……二人の行き先なら、心当たりがある」

伊部は顔をあげ、真剣な表情でチャーリーを見つめた。

＊　＊　＊

「チャイナタウンさ」

温室で蘭《らん》の手入れをしているゴルツィネの背に、オーサーが自信満々で答えた。

出所したアッシュの行き先を問われ、出した答えがこれだった。

「あそこだけは、さすがのあんたもそう簡単に手出しのできる場所じゃねえしな。それに、ショーターもいる」

室内にはゴルツィネの手下たちも控えている。蘭の状態を確認しながら、なんの新鮮みもなく報告を聞いていたゴルツィネに、オーサーは試すように訊く。

「で？　どうするつもりだ？」

「別にどうもせんさ。薬は取り返した。奴にはもう何もない。仲間も縄張りも、兄弟も。……ふん、まさか兄がいたとはな。それで金が必要だったわけか」

言いながら、パチン、パチン、パチンと余分な枝を剪定《せんてい》し、切った枝をハラリと捨てゴルツィネは立ち上がった。

「パパ・ディノ。もう教えてくれてもいいだろう？　あんたとアッシュはずっと懇意だったはずだ。なんで仲違《なかたが》いをした？　アッシュの奴は何をやらかしたんだ？　それにあの眼鏡のチビだ。バナナフィッシュなんてふざけた名前の。なんだってあんたは、あれを嫁入り前の娘みてえに扱ってやがるんだ？」

「おい、言葉に気をつけろ」

咎《とが》めるグレゴリーを、ゴルツィネが片手で制してオーサーに訊ねる。

「構わん。お前こそ、なぜそんなに興味を持つ？」

「言ったろう？　俺は役に立つ男だと。俺にはアッシュにないものがある」

ポケットに両手をつっこんだまま、オーサーはニヤリと答えた。

ゴルツィネは再び身をかがめて蘭を見た。

「野心か……お前とアッシュは、まさに氷と炎だな」

「両雄並び立たず、と言ってほしいね」

嫉妬と怒りに裏打ちされたオーサーの野心は、ぎらぎらした激しさがある。

「よかろう、教えてやる」

ずっと背を向けていたゴルツィネは、オーサーに向き直った。

そのひと言に、手下たちもハッとする。

「バナナフィッシュは人ではない。それはある『薬物そのもの』の名だ」

「……どういうことだ？」

首を傾《かし》げるオーサーに、ゴルツィネは続けた。

「それは世界を変えるものだ。今はそれしか言えんな」

「……ふん、面白そうじゃねえか……」

一つの答えを得て、オーサーは楽しげに微笑んだ。

＊　＊　＊

チャイナタウンの賑《にぎ》やかな雑踏を、アッシュと英二は並んで歩く。

「すぐショーターのとこへ行こうよ。きっと喜ぶよ！」

無邪気に話しかける英二を無視して、アッシュは周囲に鋭い視線を走らせた。

「振り向かずにまっすぐ歩け」

「えっ？」

早足に路地裏へ曲がるアッシュに、英二も素直に従う。

狭い通路の奥へと消えていく二人を見て、アッシュたちを尾行していた白人の男が慌てて追いかける。が、次の角を曲がった所で、男は足を止めた。

「……何か用？」

アッシュが立っていた。待ち伏せされたのだ。男は隠し持っていたナイフを取り出そうと、とっさに身体の後ろへ手をまわす。

だが、その動きよりもアッシュのほうが早かった。素早く男の襟元を掴んで引き寄せると、アッシュは鳩尾《みぞおち》に深く蹴りをめり込ませた。弾みでナイフが転がる。

「ボスは誰だ？　オーサーか、ゴルツィネ・ファミリーの誰かか？」

地面に落ちた男のナイフを遠くへ蹴りながら、アッシュが訊く。

「俺は頼まれただけだ！」

膝から崩れ落ちた男の関節をきめて馬乗りになったアッシュは、地面に突っ伏す男の前髪を掴み、力ずくで顎をあげさせる。

「そっから先は、俺たちが引き受けるぜ」

急な展開に怯《おび》えて固まっていた英二は、路地の奥から近づいてくる聞き覚えのある声にハッと顔をあげた。──ショーターだ。

「なまっちゃいなかったな。おかえり。待ってたぜ、アッシュ」

アッシュもゆっくりと顔をあげた。

ショーターが引き連れてきたのは、アッシュの配下の者たちだった。あっという間に取り囲まれた尾行男は、必死の形相で懇願する。

「ま、待ってくれ！　頼む！　殺さないでくれ！」

願いも虚《むな》しく連行される男を眺めながら、アッシュはショーターに伝えた。

「聞くだけ聞いたら放してやれよ」

「また仏心か？　お前、まだそんな……」

ショーターにたしなめられて、アッシュはかすかに首を横に振った。

「そうじゃない。ザコを殺してもなんにもならない。揉《も》めごとが大きくなるだけだ」

「結構じゃねえか。この際、一気にカタをつけようぜ。オーサーの奴にこれ以上でけえツラをさせるわけにはいかねえ」

ショーターはそう言って、路地奥へ引きずられて消えていく男を見つめる。

アッシュはふいにうつむいて、独り言のようにポツリと訊ねた。

「なあ……兄貴の遺体がどうなったか知らないか？」

その問いに、英二とショーターが視線を交わす。肩をすくめるショーターに代わって、英二が言いにくそうに答えた。

「……それが、まだ検死官事務所なんだよ。身元引受人がいないから……」

「俺がこうなった以上、共同墓所に放り込まれんだろうなぁ……」

アッシュはそう呟《つぶや》いてから、ポケットに手を突っ込んだまま切り出した。

「手を引いてくれ、ショーター。これは俺一人でカタをつける」

「な！　何寝ぼけたこと言ってやがる、お前一人で何ができるよ!?」

「これは俺の問題だ、お前には関係ない――」

ショーターはアッシュの言葉を遮って本気で怒る。

「バカ野郎！　俺の問題でもあるんだ！　俺の仲間はもう何人もオーサーに殺られてんだぜ、だいたいお前一人じゃ殺されるのがオチだ。そんなのは犬死にってんだ！　それじゃ死んだ仲間やスキップが浮かばれねえぜ！」

しばし対峙《たいじ》したまま睨《にら》み合《あ》うが、その気迫に観念したアッシュが、ため息まじりにショーターに笑顔を見せた。

「……わかったよ。手を貸してくれ、ショーター」

差し出した手に、ショーターは拳を突き出す。アッシュはそれに応えた。

心配そうに二人を見ていた英二は、ようやく安心してにっこり笑う。ショーターも鼻をすすってニカッと笑った。

「へへっ、そうこなくっちゃ！　俺だってカッコイイとこ見せたいからな。じゃ早速作戦会議……といきたいとこだが、あいにくウチの店には警察《サツ》が張り込んでやがる」

「え？」

「伊部も来てるぜ、英二。お前、ハデにやらかしたらしいな。姉貴から聞いたぜ」

「姉貴……」

そんな人がいただろうか……と記憶をたぐり寄せる。すると、張大飯店で出迎えてくれたあのショートヘアの女性に思い当たり、英二は跳ねるように驚いた。

「あっ！　あの人、お姉さんなの!?」

あの美人とこのショーターが……と、まじまじ見つめると、ショーターが英二の思考を見透かしたように唇を曲げた。

「うっせーな！　何が言いてえんだよ。まったく、ことを大きくしやがったくせに、反省ってモンがねーなお前はぁ！」

言われて英二はピンと直立する。アッシュは二人を見て、やれやれと歩き出す。


張大飯店のカウンター席。

ショーターの姉マーディアにお茶を注いでもらいながら、チャーリーは言った。

「君も苦労するね、世話の焼ける弟で」

「弟は、ここしばらくこの街に帰ってきてない。悪いグループが弟を狙ってる」

「オーサーか……」

苦く呟くチャーリーから顔を背けて、マーディアが哀《かな》しげに言う。

「なのに警察は何もしないのね。……街のダニは勝手に殺し合えってわけ？」

「そんな……！　俺だって殺し合いを放っておきたいわけじゃない。でも証拠がないんだ……我々も悔しい思いをしてるんだ……」

チャーリーの悔し気な顔が、湯呑《ゆの》みの茶に映り込む。マーディアは黙ったまま下を向いた。


ショーターが逃亡中の二人を連れてきたのは、チャイナタウンの実力者、名門李家が用意した隠れ家の一室だった。中国系の者たちは、多かれ少なかれこの李家の影響下にある。ショーターが率いるチャイニーズの一群も同様だった。

アッシュと英二はベッドに並んで腰かけ、ショーターはその向かいで椅子に逆向きに座っていた。背もたれに腕と顎を乗せてこちらを見ている。

「英二、伊部んとこへ帰れよ……心配してるぜ」

アッシュに言われて、英二はうつむいた。

「……きっと、もっと心配かけることになっちゃうな。……僕は確かに何もできないし、君たちの足手まといかもしれないけど、今放り出して帰ったら、ずっと駄目なまだって気がして……」

駄目、という言葉にひっかかったのか、ショーターが首をかしげた。

「僕は日本にいた頃、棒高跳びの選手だったんだ」

「へえー、人はみかけによらねーな」

ショーターが目を丸くした。

「俺は知ってるぜ。そのおかげで命拾いしたからな」

得意げにコメントするアッシュの横で、英二は寂しげに言った。

「でもう、僕は跳べないんだ……」

「なんで？　跳んだじゃねえか、俺とスキップの目の前で」

アッシュは真剣な顔で英二の顔を覗き込む。

「そういうことじゃなくて。つまり、選手としてってことで——」

大学でのことを思い出しながら、英二は静かに話しだした。

入道雲の浮かぶよく晴れた空の下、大学のグラウンドに、カランカラン！　と音をたてて棒高跳びの長いポールが転がっていく。

外野のざわめきが聞こえる中、ゼッケンをつけたユニフォーム姿の英二は地面にうずくまり、苦悶《くもん》の表情で足首を押さえた。

着地のときにひねった足首は骨折していた。しばらく松葉杖《まつばづえ》生活を送り、やがて完治した足で英二は再びグラウンドに立った。

ポールを構え、深呼吸する。笛の音が響き、英二は走り出す。

取材にきていた伊部は、カメラを構えてその姿を連写する。——が、ファインダーごしに英二の焦りの表情ばかりが写った。

　跳躍の瞬間、英二はそびえるバーの高さにひるんだ。あまりに高いそれを見上げて立ち止まってしまう。もう、跳び方がわからなくなっていた。

「それで落ち込んでた僕を、伊部さんがアメリカへ連れてきてくれたんだ。だから僕は途中で放り出すのはやめにしたい。何が起こるのかこの目で見ておきたいんだ」

　英二はそう言って、アッシュの目をまっすぐ見る。

「つまり三人三様ってわけだ。あとはお前次第だぜ、アッシュ」

　ショーターは笑顔で受け入れた。だが、アッシュはまだ迷いがあるようだった。

　――翌朝、カーテンの隙間から朝の光が差しこむ中、気持ちいい寝顔で眠る英二をアッシュが乱暴に起こした。

「英二……英二、起きろ！」

「ンー……もう少し……」

　アッシュに銃の胴で頬をペチペチと叩《たた》かれ、そのヒンヤリとした感覚に、英二はうっすらと目を覚ます。

「ン……うん？」

　寝起きでぼんやりとした視界に銃身が映り込んで、英二は「うわあ!?」と飛びのいて壁に両手をつく。

「びっくりした──……悪い冗談──」

「これはお前のだ」

信じられないものを見て、へらっと笑った英二に、アッシュが真顔で答えた。

「え……」

「オートだから、使い方は簡単だ。……こいつがセーフティ・レバー、弾倉はここから入れる」

てきぱきと説明しながら、実際に安全装置を外してみせたりしている。クルッと返してハンマーを起こしてから、アッシュはセーフティをかけた。それから勢いよくマガジンを押し込み、グッと身を乗り出して英二にささやく。

「戦いが始まったら、お前を守ってやれない。だから自分の身は自分で守れ」

「──わかった……」

ことの深刻さに息を呑んだ英二に、アッシュが表情を和らげた。

「そんな情けないツラすんなよ。五分で朝メシだぞ。ショーターのチャイニーズ・ブレックファーストだ。早く来いよ」

そう言ってアッシュは立ち上がり、部屋を出て行く。

残された英二は寝室でぼんやりしていた。ベッドに置かれた銃に目を落とす。

手にとった銃をしげしげと見つめ、軽く構えてカッコつけてもみる。

「……バン！」

　日本からあまりに遠く離れた、これは現実だった。

「スミス＆ウェッソン、357マグナム。銃身は君仕様の三・五インチ」

　執務机の前に座ったスーツ姿の男が言う。

「……よく知ってるな」

　アッシュは、テーブルに置かれた拳銃を手に取って確認しながら男を見た。鋭い目をした東洋系のこの男の名は、王龍《ワンロン》。姓は李。幾人かいる兄弟の中で一番最初に生まれた王。つまり名門李家のすべてを握る長男だった。

　周囲には王龍の手下が控え、壁際にはショーターも立っている。

「君のことはショーターからよく聞いているよ。随分と若いようだが、とてもボスには見えんね？」

「そりゃお互い様だろ。あんただって銀行家には見えないよ。ミスター李王龍」

　手慣れた様子で開いたシリンダーをまわしながらガチャッと戻したアッシュは、不敵な笑みで王龍を見る。すると王龍がフッと笑った。

「なるほど。君を子ども扱いするのは、やめたほうがよさそうだな。他に何か必要なものは？」

「まず、匿《かくま》ってくれたことに対して礼を言う。……だがひとつだけ言わせてもらう。俺はあんたらとゴルツィネとの間のことには一切興味がない。そういう意味での手助けなら断る！」

ソファに座っていたアッシュは立ち上がり、王龍のほうへ歩み寄ると、その黒い瞳を見据えてはっきりと言い放つ。王龍は神妙な表情で、さも親切心のように語る。

「我々は、他民族の干渉を受けずに我々のやり方で道を切り開いてきた。――が、このところディノ・ゴルツィネは少しやりすぎている。だから我々としては、ゴルツィネに反旗を翻す者に対して幸運を祈りたいだけだ」

アッシュは値踏みするように王龍を見た。それからようやく希望を口にする。

「……いいだろう。トラックを一台用意してくれ」

――夜。王龍邸《てい》の庭で、英二はアッシュが口にした単語を繰り返した。

「クラブ・コッド？」

「魚料理の店さ」

そこにゴルツィネが来ると、アッシュは言う。

「ゴルツィネが、わざわざ魚食いに来るのか？」

柵に腰をおろしていたショーターも、不思議そうな顔をしている。

アッシュは軽く首を横に振った。

「食わせるのは魚だけじゃない。別の生き物も売るんだ――人間をな」

かつて、自分もその一人だった。売られる側の商品だったのだ。

アッシュは険しい表情で二人に告げる。

「人間……」

英二もそんなアッシュを見て察したように呟いた。

「そこはディノの経営する店で、趣味と実益を兼ねた秘密クラブなのさ。商品は主に子ども。客は大抵、社会的地位のある連中ばかり。だから当然、秘密厳守だ。そのぶんディノは連中の弱味を握れることになる」

「……ちっ、ヘドが出るぜ」

ショーターが端的にコメントする。

「奴は商品の供給源として、俺みたいに家出してフラついてるガキを捕まえる。子どもは逃げられないように麻薬漬けにされて、二、三年しか生きられない。それだけ秘密が守られるってわけさ」

「ひどすぎる……」

英二はショックで目を伏せる。ショーターが厳しい顔でアッシュを見た。

「で、奴がそこへ……？」

「そうだ。決まって毎月十五日にな」

そして今月の十五日は、もうすぐだった。

＊　＊　＊

「はい、ええ、すぐ戻ります」

チャーリーが外からの電話を受けている。その口ぶりから、おそらく所属する警察署からの連絡なのだろう。

昼食を終えてコーヒーを飲んでいた伊部は、電話を切って上着をはおるチャーリーに声をかける。

「何かあったのか？」

「マックスが出所したんだが、トンズラしちまった」

「なにーっ!?」

アッシュと英二に続いてマックスまで。伊部は愕然《がくぜん》とした。

ここは、伊部が今回のアメリカ滞在用に借りた部屋だ。

「スコット弁護士は寝込んじまったそうだよ。とにかく俺は署に戻るよ」

ヤレヤレと片手をあげて伊部のアパートを出て行きかけたチャーリーは、「あ」と思い出したような声をあげて、玄関からヒョイッと顔をだした。

「少し寝ろよ。英二姫が心配で眠れないんだろう、眼が真っ赤だぞ？」

ポカンとした顔で聞いていた伊部は、すぐに「余計なお世話だよ！　ったく」と言い返した。チャーリーの笑い声を残し、部屋のドアはバタンと閉じる。

気を取り直してコーヒーを飲んでいると、すぐにドアをノックする音が聞こえた。

「なんだ？　忘れ物か？」

チャーリーが戻ってきたのだろうと、軽い気持ちでドアを開けた伊部は、ぎょっとして声をあげた。

「マック——」
ス、と言いかけたところで、先ほど話題に出たばかりの当のマックスが、伊部の口を手でふさいで、ドアの隙間から部屋へ入ってきた。
「しーっ、すぐ出かけるぞ」

「えっ、どこへ？」

目を丸くした伊部に、早口で告げる。

「クラブ・コッドって店に、今日ゴルツィネが来る。アッシュなら絶対にこの時を狙うはずだ」

「じゃあ、英ちゃんも!?　確かなのか、マックス！」

はやる気持ちで聞く伊部に、マックスは親指をたててウィンクした。

「これでもジャーナリストの端くれだぜ？　ゴルツィネのことは一通り調べてある」

ドアを少し開け、外の様子を窺って廊下に出るマックスのうしろを、伊部も上着をはおって追いかける。

「さあ行くぞ。ポリ公に気づかれる前に、奴らを止めるんだ！」

マックスの運転する車は、伊部を乗せ、一路クラブ・コッドを目指す。

（ったく、ふざけた野郎だぜ。たった一人でマフィアの親分にケンカふっかけようなんて。だが……だからこそ、俺はお前を放っておけん）

兄の死をアッシュに告げてしまったのは自分だ。そしてマックスにとっても、ゴルツィネは親友を殺した男になった。

（これは俺の戦いでもあるんだ。あいつの敵は、俺の敵でもあるからだ……）

車窓をマンハッタンの街並みが流れていく。

＊　＊　＊

アッシュは単眼鏡の絞りを合わせ、鮮明に映し出される店の入り口を、向かいのビルの屋上から覗《のぞ》いていた。

ここからはクラブ・コッドがよく見えた。傍《かたわ》らのショーターと英二に言う。

「見てくれはなんてことないレストランだから、誰にも目をつけられない。この日は最小限の腹心しか連れてこないんだ。怖いお兄さん方にうろうろされちゃ客の手前があるからな」

「……それで今日にしたんだね」

英二が納得したように頷いた。アッシュは単眼鏡を下げる。

「あの李の力を借りるのは、気が進まないけどな」

「あの人は、ゴルツィネをよく思ってないから味方してくれるんでしょ？」

純粋な問いに、アッシュは険しい顔で答えた。

「あいつはそんな甘ちゃんじゃねえ。奴も俺とじじいの揉めごとの原因になったモノに興味があるのさ。その辺の情報は、バッチリ手に入れてるんだろう」

「……だろうな。お前が逃げたって知らせてきたのも、あの人の部下だった」

歩き出すアッシュに続いて、ショーターも言う。

「何も信じられなくなってきた……」

そういうものなのかと、げんなりと肩をすくめる英二に、アッシュが返す。

「まあそう悪くもないさ」

人けのない倉庫に着いた。アッシュは柱にもたれて銃を確認している。

オープンしたシリンダーをコロコロと左親指で回転させ、それからスナップをきかせてガチャッと戻す。ついに因縁の対決だ。アッシュはゆっくり歩きだす。

「……行くか」

そこへ、ショーターの運転する大型トラックが入ってきた。

指示を受けて、緊張した面持ちでトラックの助手席に座る英二に、ショーターは「行くぜ」と目配せした。英二は息を呑んでうなずく。

すでにアッシュもスタンバイしている。ヘッドライトを点灯させ、大型トラックはゆっくり発進した。


クラブ・コッドの前に、黒い車が複数台滑り込む。

アッシュが予想したとおり、それはゴルツィネ一行の車だった。先に前方の車から降りた部下が、車寄せにゆっくり入ってきた後続車のドアを開けに駆け寄る。

後方の車から降り立ったゴルツィネは、クラブ・コッドの入口へ向かう。

そのとき、轟音《ごうおん》と通行人の悲鳴が聞こえた。

足を止めて振り向いたゴルツィネのほうへ、一台の大型トラックが突進してきた。

周りの物を蹴散らしながら暴走するトラックに、グレゴリーたちがゴルツィネの前へ庇《かば》うように進み出る。だが、一人は自分に何が起きたかもわからぬうちに額を撃ち抜かれ、グレゴリーも肩を撃たれて膝をついた。

ゴルツィネの視線がトラックの上方へ向いた。コンテナの上の人影が立ち上がる。

アッシュは髪をなびかせ、護衛がいなくなったターゲットに向けて銃を構えた。

ゴルツィネは瞬時に怒りをたぎらせた。

「……アッシュ!! 貴様そこまで私に歯向かう気か！」

「ディノォ――!!」

鬼気迫る表情で、アッシュはまさにゴルツィネを撃とうとする！

その瞬間、別の銃口がアッシュを狙った。

動くトラックの上にいるアッシュの肩に着弾した。思いがけない狙撃の衝撃で後ろによろけながらも、アッシュはゴルツィネに執念の一撃を放った。

銃弾はゴルツィネの肩を貫き、アッシュは荷台の上に倒れこむ。

走行中のトラックの上、流れる景色の中でアッシュは自分を撃った相手を探した。

すると、斜め向かいのビルの窓にオーサーの姿が見えた。決定打を与えられずに舌打ちする姿が。狙撃手の正体を知って、アッシュは殺意の目を向ける。

「オーサー……きさまよくも！」

トラックは、前方からゴルツィネの部下たちに発砲され、フロントガラスに蜘蛛《くも》の巣のようなひびが入る。

「ふせろ！」

ショーターが英二に叫ぶ。

トラックは続けざまに銃撃を受けながら、高架下へ突っ込んでいく。ついに制御を失って横すべりし、手前のチケット売り場にぶつかった。すると、その衝撃でバランスを崩したアッシュが、荷台から振り落とされてしまう。

一方、トラックの急襲をかわしたゴルツィネたちも満身創痍《まんしんそうい》だった。側近のグレゴリーは自らも撃たれた傷の痛みを堪え、負傷したゴルツィネを支え起こした。

「パパ！」

「……小僧を捕らえろ……必ず生け捕りにして、私の前にひきずってこい……！」

チケット売り場にめりこんだまま、煙をあげて止まっているトラックのもとへ、オーサーの手下が近づいていく。

助手席でグッタリしていた英二は、ハッと気づいて身を起こした。隣ではショーターが額から血を流している。

「ショーター！」

「かすっただけだ」

次の瞬間、助手席のドアが乱暴に開けられた。オーサーの手下がナイフで英二に迫る。英二はとっさに手持ちの銃をかまえるが、ガタガタと震えて引き金を引くこともできない。ショーターが痛みに耐えながら必死で叫ぶ。

「撃て、英二！」

銃声がした。薄ら笑いを浮かべてナイフを振りかざした手下の頭が、英二の目の前で一瞬にして吹き飛んだ。ぎゅっと目をつぶって顔をそむけた英二の上に、ショーターが包むように覆《おお》いかぶさり、英二の銃の引き金を引いていたのだ。

そこへ新たに一台の車がやってきた。マックスと伊部を乗せた車だ。スピードをつけて滑り込んだ車は、急ブレーキで止まる。

「しまった！　もうやらかしてやがる！」

マックスが叫ぶ。伊部はトラックからよろよろと降りてくる英二の姿に気付いて、車外に飛び出した。

「英ちゃん！」

「おい！　出るな！」

伊部を追って、マックスもショーターと英二のもとへ駆け寄る。

「英ちゃん！　無事か!?」

「伊部さん！」

負傷したアッシュもマックスたちの姿に顔をあげる。が、すぐに殺気に反応し、英二たちを狙うオーサーの手下へ発砲した。

「あいつら……！」

アッシュに撃たれてドサッと倒れた男たちに気づき、四人は身をすくめる。ショーターは額を押さえて辛そうに立ち上がり、とっさに英二をかばう。

マックスはあたりを見まわすと、壊れたテントに身を潜めたアッシュに向かって大声で叫んだ。

「アッシュ！　川だ！」

その言葉に、アッシュもハッとする。

「走れ英二！」

ショーターが英二の腕を掴んだ。四人は飛び交う銃弾の中、川へと走りだす。

「そおりゃあああ」

ショーターが、雄叫《おたけ》びとともに川へ飛び込んだ。手を引いていた英二を空中で包み込み、自分の身体でガードするようにして着水する。

ドボン！　ドボン！　と四人が先に川へ飛び込んだのを確認してから、アッシュも走りはじめる。振り向きざまに発砲した銃弾は二発とも命中し、追手が倒れた。

途中で銃を投げ捨て、アッシュは地面を蹴って川に飛び込んだ。

グレゴリーたちが駆けつけたときには、すでにアッシュの姿はなく、水面にはうすく波紋が広がっているだけだ。

「しまった……！」

川のへりまで走り込んだ部下が銃をかまえるが、グレゴリーは「よせ！　命令は生け捕りだ！」とそれを制止する。

オーサーは手下たちに指示を出した。

「遠くへ行ってねぇはずだ、東の船着場を捜せ！」

その頃——倉庫裏の入江の引込口では、川からあがったアッシュたちが地面にへたりこんでいた。汚れた水で紫色のモヒカンが垂れ下がってしまったショーターは、犬のようにブルブルと首を振って水を飛ばしている。

「うへぇ、クセえ！」

「ここは……？」

マックスが遅れて陸にあがってきた。アッシュは負傷した肩を押さえ、木箱に背中を預けたまま答えた。

「入江のひとつさ。倉庫の裏側だから死角になってるんだ」

「英二は気絶しちゃってるよ」

ショーターが自分の腕の中で気を失っている英二を見て言う。伊部はそんな英二に駈《か》け寄《よ》り、呼びかける。

「英ちゃん！　しっかりするんだ」

「早くここからずらからねーと……っておい、どこ行く気だ！　お前……まだ懲りないのか!?」

マックスが目を丸くして、よろよろと立ち上がるアッシュを怒鳴りつける。

「うるっせーな……アンタには関係……ぐッ！」

うんざりして振り返るアッシュに、突然マックスの拳がとぶ。

ショーターと伊部が、その後ろで「えぇッ！」と驚いている。

傷の痛みで反応が遅れて、マックスの一撃をもろにくらって力尽きたアッシュを、マックスは手慣れた様子で担ぎあげた。

「ったく！　どこまで面倒かけやがるんだ、このガキャア」

「あーあ、荒っぽいなあ、おっさんよお」

ショーターが呆《あき》れ顔で言った。

喧騒《けんそう》冷めやらぬクラブ・コッド周辺では、サイレンの音が鳴り響いていた。


「申し訳ありません……」

深夜になってもアッシュたちの足取りは摑めず、グレゴリーたちは寝室のゴルツィネに頭をさげに来た。オーサーは少し離れた場所で不機嫌そうに黙っている。

ゴルツィネは肩の銃創の手当をされて、布団に入っていた。

「また逃げおったか……だが今度こそ逃がすわけにはいかん。どんな手段を使ってもいい。必ずあれを生け捕りにしろ」

オーサーが解せない様子で口を出す。

「そんなまどろっこしいことをせずに、ひと思いに始末すりゃいいだろ」

その言葉に、ゴルツィネが怒りの形相でオーサーを睨《にら》んだ。

「口を出すな！　あやつだけは、他人に渡すわけにはいかん……手足を引きちぎろうが目をくりぬこうが構わん。必ず生きたまま、私の前へ引き据えるのだ。あれは……私のものだ！」

目をむき、異様な笑みを浮かべるゴルツィネのただならぬ空気に、オーサーは息を呑んだ。「ハッ！」と短く息をつく。目もくらむような執念にあてられたのだ。

ゴルツィネのアッシュに対する執着心が、オーサーには恐ろしかった。

マックスのセーフハウスで目を覚ましたアッシュは、ゆるゆると上半身を起こし、痛みに顔を歪《ゆが》めた。

「目が覚めたか」

「ここは……？」

ぼんやりと問うアッシュに、マックスがショーターの頭の傷を縫い合わせながら答える。

「俺の隠れ家」

「いよー、アッシュ」

妙に陽気なショーターに、マックスが縫い止めを施そうとする。

「しみるぞ、我慢しろ」

イテテ……とショーターが呻《うめ》いた。部屋を見回しながら慎重に階段を上がっていく
アッシュに向かって、マックスは続ける。

「すぐにでも出発したいところだったんだがな」

「出発って？」

アッシュは立ち止まって訊いた。

「ケープ・コッド。お前とグリフの生まれ故郷だ」

「……なんで……」

反射的に表情がこわばる。マックスはこともなげに言った。

「グリフの残した手紙や写真があるだろ？『バナナフィッシュ』を知ってたのは奴
だけだ」

アッシュは複雑な表情で黙り込んでしまった。

中二階のベッドでは、英二が眠っていた。その傍らで、伊部が心配そうに座ってい

る。アッシュはうなされている英二をじっと見つめ、面倒に巻き込んでしまった負い目を感じて目をそらした。そのまま再び階段を降りていく。

流し台で治療器具をガチャガチャと洗浄しているマックスが、部屋を出て行くアッシュの背中に言葉を投げた。

「日が暮れたら夜逃げだ。身体を休めとけよ」

アッシュは返事をせずに出て行った。蛇口を閉めたマックスに、階段を降りてきた伊部が声をかける。

「いいのか？　またムチャするんじゃ……」

「大丈夫さ。あいつも『バナナフィッシュ』の秘密は知りたいはずだ」

「……アッシュは、帰りたくなさそうだったな」

ショーターが窓の外を見つめ、しんみりと呟いた。

「家を飛び出してきた者にとっちゃ、故郷なんていい思い出ばかりじゃないさ」

そよ風にカーテンがかすかになびいていた。

夕陽のさす屋上の縁で、アッシュは膝を抱いて縮こまっていた。

マンハッタンのビル群にオレンジ色の陽は落ちかけ、街もオレンジ色に染まる。

頬を伝う涙がコンクリートの地面にポタポタと落ちて、そのまま溶け込んでいく。

孤独に包まれたアッシュは、ぼつりと呟いた。

「兄さん……」

＃06 マイ・ロスト・シティー

My Lost City

　トラックを運転しながら、マックスがお世辞にもうまいとは言えない調子で「いとしのクレメンタイン」を口ずさんでいる。その隣では、ショーターのサングラスを借りて座るアッシュが、静かに空を眺めていた。

　荷台をがたつかせて走るこのトラックは、今は亡きグリフィンとアッシュの生家へと向かっていく。

「オーマダーリン、オーマダーリン、オーマダーリン、クレメンターイン……」

「……うるっせーなぁ、なんで同じとこばっか歌ってんだよ！」

　うんざりした表情で、助手席のアッシュが抗議した。

「いやワリィな。その先を知らねぇんだ」

　マックスが言うと、アッシュは舌打ちしてそっぽを向いた。

「ずいぶんカリカリしてんなぁ。家に帰るのは何年ぶりだ？」

問いかけても、アッシュからの返事はない。

「そうやってすねるとこは、お前も年相応……子どもっぽいなあ」

ぼやくマックスに、アッシュが「なんだと！」と食ってかかる。

毛を逆立てた猫のようなアッシュに動じることなく、マックスは行き先を訊ねた。

「おおっとっと。この先はどう行きゃいいんだい？」

「右だ、右！」

よし、とマックスがハンドルを切った。

「オーマダーリン、クレメンターイン」

再び上機嫌で口ずさまれる歌声に、アッシュはうんざりして耳を塞ぐ。

「うるせえなあっ、もう！」

いよいよ目的地が見えてきて、マックスのトラックは丘の上で停車した。

助手席を降りたアッシュが荷台の幌《ほろ》を開けると、内部に太陽光が差し込む。

昼過ぎだというのにまだ雑魚寝をしているショーターと英二、伊部の三人を見下ろし、アッシュは苛立《いらだ》たしげに叩《たた》き起こした。

「おい起きろ！　起きろって！　いつまでもぐだぐだ寝てんじゃねーよ！」

怒鳴り声でようやく目を覚ましたショーターが、「うぅ……ケツがいてえー」と大あくびする。まだ眠そうな英二も「……ん？」と目をこすっている。

「着いたんだよ、さっさと降りな！」

一同が荷台から降り立つと、眼下には青い海が広がっていた。海の手前には数軒の民家が並んでいる。伊部がすかさずカメラのレンズを覗きこんだ。

その後ろではマックスが運転でコリ固まった体を伸ばしている。寝癖で潰れたモヒカンを綺麗《きれい》に整えたショーターも「ここがニューヨークから五百キロなんてちょっと信じられねーな」と、気持ちよさそうに眼下の風景を堪能している。

「いいところだなあ」

英二は絵のような風景に見とれた。ここがアッシュの故郷だと思うと余計にいい場所のように思えた。だが、アッシュはトラックにもたれかかったまま、浮かない表情で遠くを見つめている。

一同は一軒の店を目指して、ゴトゴトと移動を開始した。

アッシュの父親が経営するバー「Green hill Diner《グリーンヒル・ダイナー》」の店内は、まだ客の姿もなくひっそりとしている。

カウンターで皿を洗っていた女性が、店の入口に立つアッシュを見て手を止めた。

「……あなた……」

「久しぶり、ジェニファ」

アッシュが少し居心地が悪そうに言うと、女性――ジェニファは「アスラン!?

アッシュね！」と慌てた様子で、店の奥で作業している男を呼んだ。

「ジム、ジム！　早く来て！」

「なんだ、うるせーな。何をビービー騒いでる」

「……やぁ」

裏手から顔を出した初老の男に、アッシュはそっけなく挨拶をする。

男はアッシュの父親・ジムだ。一瞬、息子との再会に驚いたようにジムは片眉をあげた。とはいえアッシュのほうは、最初から歓迎されていないことがわかっている。

「お前……どのツラさげて戻って来やがった、このあばずれが！」

「あの家の鍵をくれよ。そうすりゃすぐに出ていくさ。兄貴の遺《のこ》したものに用があるんだ」

アッシュが告げると、ジムは「ふん」と鼻を鳴らした。

「……で？　お前らはなんだ？」

「あ……俺たちは……」

気まずそうに立ちすくんでいたマックスたちに視線を向ける。突然話をふられて説明に困っている面々に代わって、アッシュがあっさり答える。

「友だちさ」

「友だちね。お前がたらしこんだのか？」

蔑むような目でジムはアッシュを見た。

「何ぃ？　そりゃどういう意味だ？」

おせっかい焼きのマックスは、実の父親のあまりの言いように思わず身を乗り出して食ってかかろうとしたが、アッシュは落ち着いた様子でマックスを止めた。

「よせよ、おっさん」

そして、ジムのほうへ向き直る。

「いいから鍵をくれよ」

父と息子はお互いにじっと見つめ合い、これ以上、もう話すことはないと無言で同調していた。

「……用が済んだら、さっさと出ていけよ」

ポケットから出した鍵束をテーブルに置いて、ジムはさっさと裏口へ向かう。

「おいあんた。さっきから聞いてりゃ、なんだ！　それが息子に言うセリフか!?」

耐えきれずに声をかけたマックスに、ジムは胡乱《うろん》な視線を投げる。

「なんだこいつは。お前の情夫か？　あんた、俺の息子と寝るのは構わんが、ちゃんと金を払えよ」

なんだと——と、マックスは額に青筋を立てた。

「もういっぺん言ってみろッ！　なんでそこまで息子を侮辱するんだ！」

「やめろ！　マックス！」

伊部がマックスの両腕にしがみついて必死に止める。

「ほっとけよおっさん。あいつはああいう奴なのさ。さぁ行こうぜ」

アッシュは気にもしていない様子で、カウンターに置かれた鍵を掴み、怒鳴り散らすマックスの横を通り過ぎて出入り口の扉へと向かう。そこで足を止めると、アッシュは振り返らずにジムの背中に告げた。

「……ひとつだけ言っとく。兄貴は死んだ。あんたにとっては、どうでもいいことかもしれないけどさ」

そう言い残してアッシュが去ると、ジェニファはジムに厳しい視線をぶつけた。

「ジム！　なぜあんなこと言うの？」

「うるさい、お前の知ったことじゃない！」

言い返したジムの眉間には、深い皺《しわ》が刻まれていた。

＊　＊　＊

「あそこが俺と兄貴の生まれた家さ。俺とグリフィンは母親が違うんだ」

生家に向かう道すがら、アッシュはそんなふうに切り出した。

「俺の母親は、グリフィンの母親を追い出したくせに、俺を産むと今度は別の男と逃げちまったあばずれさ。そのうち親父《おやじ》がジェニファとあそこに住むようになって、ここは俺たち二人だけになったんだ」

道案内を兼ねて先頭を歩いていくアッシュ。その後ろを、英二たちはうまく相づちを打つこともできずについていく。

一同が草原にポツンと建った一軒家の玄関前までやってくると、店のほうからランプとバスケットを手に追いかけてきたジェニファが声をかけてきた。

「アッシュ！　ここはもう電気が通ってないの。それから食べ物を」

「サンキュー、助かるよ」

アッシュは荷物を受け取ると、ジェニファはためらいがちに口を開いた。

「……ねえ、あの人のことだけどね……あんたが帰ってきてくれて、ほんとは嬉しいのよ」

「あんたは優しいね。あんたみたいな人が、なんであいつといるのか不思議だよ」

少し笑って応じるアッシュに、ジェニファが瞳を潤ませる。

「お願いよ。そんなふうに言わないで」

「わかったよ……ごめん」

悲しげな顔を優しい笑みに変えて、ジェニファはきびすを返した。

「明日、店に来てね。朝食を用意するわ」

その後ろ姿を、アッシュはバツが悪そうに片手をあげて見送った。

ふと、隣で沈んだ顔をしているマックスに気づき、アッシュは軽く悪態をつく。

「なんだよ、シケたツラだな。ここへ来させたのはあんただろ。今さら嫌なものを見たなんてツラはよしてほしいな」

「……すまん……」

うつむいたままのマックスを横目に、アッシュは扉を開けて中へ入っていく。

「いい家じゃないか」

室内を見まわしながら、伊部とマックスがリビングに入ってくる。アッシュはランプの灯をつける準備をしながら、英二に声をかけた。

「英二。後ろの棚の抽斗《ひきだし》から、ローソク出してくれ」

「うん」

英二は目の前にある、何年も放置されていた抽斗の取っ手に指をかけた。すると、その顔を目がけて、隙間から一匹の鼠《ねずみ》が飛びかかってくる。

「きゃあああっ!!」

女の子のような悲鳴をあげて、英二は飛びあがった。とっさにショーターの頭にしがみつく。

「な、なんだよ鼠ぐらいで！　びっくりすんじゃねーか！」

突然抱きつかれて動揺したショーターが、握りこぶしをつくった。

「ごめん……」

そっけなく身体をはがされ、英二は子どものようにゲンコツから頭を守る。

そんな二人の後ろで、伊部が先ほどの抽斗から手紙の束を見つけていた。

「……あれ？」

興味深げな伊部に、アッシュは静かに言った。

「この家で手紙なんて書く奴は、兄貴しかいないよ」

そもそも、バナナフィッシュに繋がる痕跡を追って、グリフィンの私物を確認するためにここへ来たのだった。他にも持ち物が見つかりそうな場所があるはずだと、マックスたちはグリフィンの部屋に集まった。アッシュにとっては兄との思い出が詰まった、懐かしくも切ない場所だ。

部屋に飾られた写真立ての中には、野球のユニフォーム姿で笑う幼いアッシュと、穏やかな表情のグリフィンがいる。

その写真を見つめてアッシュは感傷的になる。伊部は手帳の中身を調べ、マックスが抽斗をごそごそと漁《あさ》っていた。と、そのとき、一緒にアルバムを見ていた英二とショーターが小さく声をあげた。

「あ……！　これ！」

「奴だ……！」

「なんかあったのか!?」

駆け寄ってきたマックスに、英二がアルバムを見せる。

「こいつです、アッシュのお兄さんを撃った……」

英二がアルバムの中の一枚の写真を指さした。

写真の中では少し若いが、そこに写っているのはまぎれもなく、あの日グリフィンを撃ち殺し、『バナナフィッシュ』と呼ばれたあの研究員の姿だった。

「間違いないな？」

ああ、とショーターがうなずく。

「こりゃあグリフが以前いた隊だな。認識票が違う。名簿は──と、あったぞ」

アッシュはそっと写真立てを机の上へ置き、気持ちを切り替えて名簿の情報を読み上げるマックスの方を向いた。

「エイブラハム・ドースン。住所は──カリフォルニア州ロス・アンジェルス、ウェストウッド42の102……」

そこまで読みあげたマックスが顔をあげると、既にアッシュは手持ちの端末でこの人物の情報を検索していた。

「スティーブン・トムソンは、最期にその住所を言ったんだな？」

あの銃弾のロケットをアッシュに渡した男——そのいまわの際の言葉と、現実が繋がった。だが、それだけだ。

「ああ……めぼしい情報はねえな……」

指先で液晶画面をスクロールしながらアッシュが答えた。マックスは頷く。

「とにかく、そこに行ってみるしかなさそうだな。それに西海岸なら、ゴルツィネの手も届かない」

「ロス・アンジェルスか……遠いなあ……」

ショーターが宙を見あげて言う。

伊部は、英二の懇願するような視線から目をそらした。

「そんな目で見るなよ、今さらやめようとは思わないさ。マンハッタンへ戻るのは危険すぎるしな」

マックスがこれからの予定を考えながら口にする。

「明日にでも発《た》ちたいが……車の調子も悪いし、みんなも疲れてる。ゴルツィネがここを突き止めるには、まだ時間がかかるだろう」

その言葉を遮り、アッシュが訴える。

「俺はすぐにでも発ちたい。早いとこ、そのヤローをとっつかまえて、ディノのじじいを追い詰めてやりたい」

向かうべき場所と、兄を殺した犯人の顔もわかり、気持ちが急《せ》いているアッシュをマックスがなだめた。

「まあ待てよ……少しはこの年寄りのことも考えてくれよ。お前だって、肩の傷がまだよくなってないだろう」

「ちッ、これだから年寄りはやだぜ！　足腰立たねえならついてくんな！」

マックスを睨みつけ、アッシュはスタスタと出口へ向かって歩いていく。

「おい、どこへ行く？」

「車から毛布を持ってくるんだよ。じじい二人はベッドで寝りゃあいいだろ！　英二、手伝え！」

英二も「うん」と、小走りでアッシュを追って部屋を出ていく。

「……じじい……」

その単語を復唱しながら、部屋に残された伊部がしみじみとショックを受けている隣では、マックスがムキーッと顔を赤らめて文句を言っている。

「ほんっと可愛《かわい》げのないガキだな！」

ショーターは他人事のように、ベッドに腰をおろす。

　ふと、伊部が真面目な顔でマックスに聞いた。

「……来ると思うか？　ディノ・ゴルツィネの追手は……」

「来られたらお手上げだ」

　一方、毛布を取りに外に出た英二とアッシュは、風の吹きすさぶ丘の上に立ち、海に沈みかけている夕陽を眺めていた。

「いいところだね」

「何もないところさ。いつも風が強い」

　うっとりと微笑む英二とは対照的に、アッシュは無感動に答える。

　そんなアッシュの横顔に、英二は「嫌いなの？」と問いかけるが、アッシュは複雑な表情のまま、沈む太陽を見つめていた。

「……考えたこともない」

＊　＊　＊

　夜が明けた。早朝の静かな草原に、拳銃の音が響く。アッシュが柵の上に置いたウイスキーの瓶を綺麗に撃ち抜く音だった。

　肌寒さにパーカーを羽織って外に出てきた英二は、改めてその腕前に感嘆の声をもらす。

「うわあー、すごいなー」

「……起こしちまったか」

アッシュが英二のほうを向いた。英二は首を横に振る。

「ううん、ちょうど目が覚めたんだ」

「なまったな。さっきひとつ外した」

「えっ、あれで!?」

英二は遠くの柵を指さし、うそだろ!? という表情でアッシュを見る。

アッシュは銃のシリンダーを引き出し、空になった薬莢《やっきょう》を捨てながら柵のほうへ向き直った。慣れた手つきで弾を込め、弾倉を銃に戻す。

「肩の傷は大丈夫? そんなことしていいの?」

「こんなの、かすり傷さ」

そう言いながら、再び正確に的を撃ち抜いてゆく頼もしい背中を見つめ、英二が感心したように呟いた。

「タフだなぁ」

「……撃ってみるか?」

「えっ?」

「撃たしてやるよ。撃ちたけりゃ」

アッシュがチラッと振り返ってみせる。英二はぱっと顔を輝かせた。

「いいの!?」

とはいえ、やる気はあっても銃の扱いにはまるで慣れていない日本人だ。英二は震えながら恐る恐る銃を構えた。それを見てアッシュは呆れ顔になる。

「なんだよ、そのへっぴり腰は」

補助するように英二の肩に手をやり、頬を寄せた。

「もっとしっかりグリップを支えて！　こいつにはマグナムが装塡《そうてん》してあるんだ。それじゃ手首を痛めるぞ。この距離なら風の抵抗は考えなくていい、引き金を引くときは軽くだ。よーく狙って……」

アッシュに支えられ、英二の身体の震えが止まった。

目を細めて柵の上の瓶を見つめる。狙いが定まったところで、ゆっくりアッシュの人さし指が離れていく。英二は震える指で引き金を引いた。

ドン！　と衝撃がきた。だが、瓶にはかすりもしていない。

柵の上に無傷で残った瓶を眺める二人の頭上を、海鳥が飛んでいく。

「……グレイト」

アッシュが右手のひらを宙に向けて肩をすくめた。嫌味たらしい言い方に、英二はぶすっとむくれている。

そこへ「おーい」と後方から声が聞こえた。英二が振り向くと、伊部が近づいてくるところだった。

「あ、伊部さん、今、アッシュに銃を撃たせてもらってたんですよ」

「ああ、見てたよ。それより朝飯だそうだ。ショーターを起こしといで」

「はい」

英二はアッシュに銃を返し、丘をおりた。アッシュと伊部がその後ろ姿を見送り、しばし静かな沈黙が流れた。

じっと見つめてくる伊部の視線に気づいたアッシュは、さっきまでまとっていた穏やかな空気を消し、いつもの鋭い眼光を伊部に向ける。

伊部は、そんなアッシュを哀れむように見つめていた。

「なんだよ、あいつに銃を撃たせたのが気に入らないみたいだな」

「そうじゃないさ。ただ、君と彼とはあまりにも違いすぎる。育った環境もね」

「何があったのか知らないけど、あんたはあいつを甘やかしすぎる。そんなだからいいトシして、自分の身ひとつ守れねーんだぜ」

アッシュは冷たく言い放ち、装塡して射撃の練習に集中する。

「俺たちの国では、自分の身を守るために銃を持つ習慣はないんだ！」

「あいにくここは日本じゃない。誰かがあんたに銃を突きつけたとき、その台詞《せりふ》が通用するか試してみるんだな」

伊部の訴えにそっけなく言い返して、アッシュは英二が撃ち損ねた最後の瓶を撃ち飛ばした。それから銃を腰に挟んで丘をおりていった。

ダイナーの裏手では、マックスがトラックのボンネットを開けてバッテリーまわりを整備していた。

工具を持った右手で額の汗を拭い、一息ついていると、庭の角からとぼとぼと帰ってきた伊部に気づいた。

「おい俊一、やっぱりバッテリーを交換しなきゃ駄目だ。ロス・アンジェルスまではとてももたん」

マックスは肩をすくめ、お手上げっぽいジェスチャーをしてみせる。

伊部は「そうか……」とデッキに腰かけている。その表情には覇気がない。

「シケたツラだな。山猫小僧にでも引《ひ》っ掻《か》かれたか？」

マックスがニヤリと笑って茶化した。

「図星だよ……英ちゃんを甘やかしすぎるってな」

再び修理にとりかかったマックスは、作業しながら伊部に訊いた。

「ふーん……でも英二ももう十九だろ？　確かに構いすぎるぜ。お前はそもそも、なんで英二を日本から連れ出したんだ？」

「……緊急避難さ」

伊部は空を見上げた。棒高跳びの選手時代、英二が高く高く跳んでいた青空を思い浮かべて伊部は続ける。

「あの子は、ああ見えて才能ある棒高跳びの選手だったんだ……それがケガをして、以来、スランプになっちまってね。奨学金を受けてた関係で色々あって、あの子はすっかり萎縮しちまって……跳ぶことすら忘れちまった……」

ダイナーの窓を覗くと、楽しげに朝食をとるアッシュとショーター、それを笑って眺めている英二の姿が見えた。

青々とした空に飛び立つ鳥を見つめて、マックスがつぶやいた。

「歌を忘れたカナリア、か……」

「だから俺がひっさらってきたんだ。俺はもう一度、あの子を跳ばしてやりたい。そのためなら、なんだってしてやりたいんだ」

「なんでそこまでして……」

伊部はその質問に、フッと表情を和らげる。

「俺が……カメラマンとして最初に認められた写真のモデルなのさ。だからいわば恩返しだな」

そう言って、鳥のような形をした雲に向かって、指でカメラのフレームを作り、伊部は眩《まぶ》しそうに目を細めた。――が。

「それは違うな」

思いもよらない返事に、伊部は「えっ？」と顔をあげる。

マックスは作業を中断し、サンドイッチを持って伊部の隣に腰かけた。

「お前だってわかってるはずだぜ。お前は、彼になりたかったんだろ？」

「……ああ、多分――いや、きっとそうだな……」

参ったな、と肩を落とす伊部を、マックスがからかう。

「アマデウス症候群だ。愛《いと》しくて愛しくて憎い、オレのアマデウス」

「ちぇっ、ひとのことだと思って！」

照れとばつの悪さで、伊部は口をとがらせた。それから、木々を揺らす風を感じつつ、そっと切り出す。

「ロスに着いたら、俺たちは日本に帰るよ」

静かな声に、マックスは思案げな顔をした。

「まあ仕方ないな……でも、それが本当に英二のためになるのかな」

「あの子を守るにはそれが一番だ。これ以上、危険な目に遭わせるわけにはいかない」

真剣な表情で伊部が言う。それをマックスが諭した。

「そういう意味じゃないさ。わかってるだろ、俊一」

そう告げて、サンドイッチを一口かじった。

すでに丘の上には陽が落ちかけている。


「コーヒーごちそうさま」

そう言って店を出て行きかけたアッシュに、新聞を読んでいたジムが声をかけた。

「今更なんで戻ってきた？　お前はここにいないほうがいい。わかってるだろう」

「……車が直ったら、すぐ出ていくさ」

そのまま背中を向けるアッシュを、英二が悲しそうに見た。その直後――。

「あーあ、やっとバッテリー見つかった――」

と店に入ってきたショーターと伊部は、店内に響く声に足を止めることになる。

「あんな言い方って、ないじゃないか！」

なんと、英二が立ち上がってジムに抗議していたのだ。

「英ちゃん……？」

誰より物静かな英二が、無愛想で恐《こわ》そうなジムと対峙しているという信じがたい光景に、伊部は思わず声をあげる。

「なんで、いないほうがいいなんて言うんだ！　父親なんでしょう!?」

「なんなんだ、このガキは」

面倒くさそうに新聞をめくるジムの態度に、英二は苛立っていた。

そこへマックスが来て、今にもジムに飛びかかる勢いの英二の肩に手を置いた。

「彼はアッシュの友だちだ。……でもなんで、そんなに追い出そうとする？　自分の息子だろ、かわいくないのか？」

マックスの問いかけに、ジェニファはうつむいて黙っている。ジムは探るような視線でマックスを見た。

「あんたはなんだ。なぜあいつにくっついている？」

「俺は……イラクでグリフィンと同じ隊にいたんだ。彼とは友だちだった」

その言葉に、ジムはゆっくりと新聞をおろす。

カウンターの上には、飛行機のプラモデルが置かれていた。

「……何か飲むか、あんたたち」

自分が出てきた店の中で何が起きているかなど、知るよしもないアッシュは一人、ポケットに手を突っ込んで、海に沈む夕陽を眺めていた。プラチナブロンドの髪が、風に揺れている。

マックスたちがカウンターにつくと、ジムはおもむろに語りだした。

それは、秘められたアッシュの過去だ。

「あいつが七つのとき、この丘の先に退役軍人が住んでてな。なんでもアフガニスタンでかなり手柄を立てたそうだが、少年野球の監督をしたり、ここらのガキどもにはけっこう好かれていた。あいつもその野球チームに入ってたんだが、ある日――」

話しながらジムは、無残なありで放心したように戸口に立ちすくむ、幼いアッシュの姿を思い出していた。

「服は破れてアザだらけで、何があったのか一目でわかったさ……」

乱暴されたのだ。それを察した一同の表情が暗くなる。マックスが言った。

「……警察には?」

「もちろん届けたさ。嫌がるあいつの手を引っ張ってな。そしたら奴ら、なんて言ったと思う? 『本当に彼だったのか?』だとよ。奴は町の名士だったからな。挙句の果てには『お前が誘ったんじゃないのか』ときた。七つのチビにだぜ」

英二たちは黙って聞いている。何も言えなかった。

「あいつはただ、でっけえ目ぇ開けて、俺たちのやりとりを聞いてやがった」

目を見開いたまま固まっている七歳のアッシュの瞳に、そんな大人たちの影が悪夢のように映り込む。

「だから俺は言ってやったのさ。これからまたどっかのバカが妙な真似《まね》をしてきたら、黙って好きにさせろ。……その代わり、金をもらえってな！」

そこまで言って、ジムはグラスを持つ手に力を込め、ドン！　と机に置く。

「それからも、ちょくちょく奴に引きずり込まれたらしい……だが八歳のとき――奴を撃ち殺しやがった。俺の銃を持ち出してな」

八歳のアッシュが、自分の上にくずれるように倒れた死体とともに、煙の立つ銃を構えて座り込んでいる――その強烈なイメージに、英二たちは息を呑む。

「それで、おまわりが奴ん家を調べたら、地下室からゴロゴロ子どもの骨が出てきやがった。……聞いたことないか？『コッド岬の青髭《あおひげ》』って」

「あの事件か……」

元警察官のマックスは、すぐにピンとくる。ジムは続けた。

「あいつは金をもらってたから、奴も安心してたんだろう。まあ、事情が事情だから罪にはならなかったが、こんな小さな田舎町だしな、いろいろ人の噂《うわさ》もある。だからあいつを妹のところへやろうとしたんだが――」

「……家出しちゃったんだね」

うつむいたまま、英二が言う。

グラスの中の氷が、カランと音をたてて溶けた。

――気がつけばもう、閉店時間になっていた。英二たちは言葉少なにダイナーを出ていく。

ジムとジェニファは店じまいの作業にとりかかった。ジムは空のビールサーバーの樽《たる》を両手に抱え、扉のほうへ歩いていった。ジェニファはカウンターでグラスを拭きながら、そんなジムの背を目で追っている。

「なぜそう意地を張るの？　あなただってアッシュがかわいいはずよ……」

「お前には関係ない！」

ムキになってジムは強い声で言い返す。

そのとき——目の前の扉がギイッと開き、ダークスーツを着た男二人組が店へ入ってきた。

「こんばんは」

静かな声だった。

「今夜はもう、しまいだ」

「まあそう言わないで。一杯たのむよ」

見かけない顔の男たちに、ジムは警戒の目を向けた。

「……まだ帰ってこないよ、アッシュ」

先にジムの店を出て行ったはずのアッシュが、少し離れた生家のほうに帰ってきていないことを気にして、英二はずっと窓の外を眺めていた。

一方、ショーターは特に心配もしていない様子で、ベッドに寝そべっている。

「ここはあいつの生まれ育ったとこなんだ。心配いらねぇさ」

そう言われたが、英二はいてもたってもいられなくなり、玄関を出ていく。

「僕、ちょっと見てくるよ」

慣れない夜道を一人で歩かせるわけにもいかず、面倒見のよいショーターは英二を追いかけていく。

「おーい、やっぱ俺も行くぜ！」

英二はその声に足を止めた。両腕を自分の手で擦るように抱きしめながら、寒さに震えたショーターが駈け寄ってくる。

「ううっ、さみい！　やっぱりボストンの近くだな……夜は冷える」

「アッシュはどこ行っちゃったんだろう……アー――ッシュ！」

あたりを見渡し、アッシュの名を呼びながら、街灯もない暗い夜道を歩いていく。

すると、暗闇の中でポツンと光る窓の明かりに気づいた。ジムの店の灯《あか》りだった。

「あれ？　もう閉めるって言ってたのにな」

訝しむショーターの横で、英二はぱっと表情を明るくする。

「もしかしてアッシュ、行ってるんじゃない？　あんなこと言ってても、やっぱり親子だもん」

二人が店への道を下りてゆくと、壁にはりついて窓からじっと中の様子をうかがっているアッシュの姿が見えた。

「あれ……ほら、やっぱり！」

英二が呼びかけようと、大きく息を吸い込んだ。

「待て！」

異変に気づいたショーターが、とっさに英二の口を塞ぐが間に合わなかった。

「アー――ッシュ……」

英二の声に、アッシュがバッと振り向く。

次の瞬間、ドウン！　と銃弾が窓を破った。


突然の銃声は、家でビールを飲んでいたマックスと伊部のもとまで届いた。

二人は顔を見合わせて、外へ駆け出す。

一方、ショーターと英二は草むらに身を伏せ、店の様子をうかがっている。

「動くなよ、英二」

「いったい何が……」

「決まってる。ゴルツィネの追っ手だ」

アッシュは店の外壁に張りついたままだ。すると中から男の声が聞こえてくる。

「アッシュ・リンクス！　聞こえるか？　こいつらの命が惜しかったら、銃を捨てて出てくるんだ！」

店内では二人組の追っ手が、ジムとジェニファを人質に取っていた。

なかなか姿を現さないアッシュに痺《しび》れを切らした男の一人が、怯えるジェニファの前髪を鷲摑《わしづか》みにして、その後頭部に銃を突きつけた。

「女からブチ殺すぞ！　潰れたスイカみてぇになってもいいのか!?」

「やめろ！　二人に手を出すな！」

ここで銃を手放せば勝機は限りなくゼロになる。一瞬アッシュは躊躇《ちゅうちょ》するが、意を決して割れ窓から銃を投げ捨てる。すると男たちはジェニファを手荒く突き放した。

「きゃっ」

「二人を放せよ！」

投げ込まれた銃を遠くへ蹴り飛ばし、アッシュの声に男は低く笑う。

「勘違いすんなよ、命令すんのはこっちだぜ。両手を頭の後ろで組んで中に入れ」

ジムを押さえ込んでいるもう一人の男が言った。

「くそったれが……」

マックスと伊部はその緊迫した様子を、英二たちとは別の茂みから見ていた。

「どうする？　このままじゃあ……」

戸惑う伊部の隣で、マックスが店の前に停められたトラックに気づいた。

「俊一、耳を貸せ」


「どうした、聞こえてるのか!?」

店内から、投降を急かす追っ手の声がする。アッシュは叫んだ。

「わかったよ！　言うとおりにすりゃいいんだろ、ド畜生め……地獄に落ちやがれ！」

割れた窓枠を荒っぽく叩き開け、そのまま中へ飛び入っていく。

頭の後ろで両手を組み、アッシュはゴルツィネの追っ手をキッと睨んだ。

「親孝行な息子を持って幸せだな、おやじさん」

スーツの男に囁《ささや》かれたジムは、投降した息子に驚いているようだった。

行きな、と追っ手の一人がジェニファをアッシュのほうへ乱暴に突き放す。

「……アッシュ！」

転がるように駆け寄ったジェニファは、泣きそうな目でアッシュを見上げた。

「ごめんよジェニファ。巻き込んでしまって……」

「バカな奴だなぁ、お前は。パパ・ディノに逆らって、勝てると思うのか？」

銃口をこちらへ向けながら近づいてくる男を、アッシュはキッと睨んだ。

「まあいい……生け捕りにしろって命令なんでな」

そう言って、追っ手は手錠を取り出した。

ここまでか……とアッシュの表情に焦りが滲《にじ》む。

と、そのとき。カッと店内が強烈な光に照らされた。

「動くな、警察だ！」

マックスがトラックの運転席から身を乗り出して叫んだ。突然の強い照明は、車のヘッドライトだった。

その隙にアッシュは、手錠を持っていた男に回し蹴りをくらわせる。相手が派手に倒れ込み、それが反撃開始の合図となった。

機を窺《うかが》っていたショーターも草むらから立ち上がり、店内へ駆け込んでいく。

「英二、ここで待ってろ！」

言われるまでもなく、状況についていけない英二はすぐには動けない。

「小僧！」

もう一人の男が逆光の中で発砲する。その銃弾がジェニファの胸を貫いた。

「ジェニファ！」

ジムは身を起こして、愛する女の名を呼んだ。血を流したジェニファはすでに瞳の焦点を失って、ゆっくりと倒れていく。

言葉を失ったアッシュに、ジムを押さえていた男の銃口が容赦なく向けられた。ジムはとっさに男の右腕を羽交い締めにして叫んだ。

「逃げろ、アッシュ！」

「じじい！」

父親に庇われたことに、わずかにアッシュは動揺する。その隙にジムの腕を振りほどいた男は、倒れたジムの肩を銃で撃ち抜いた。

「父さん！」

ダッと駆け出しスライディングで自分の銃を手に取ると、アッシュは軽やかに身を起こして追っ手の心臓を撃ち抜いた。

「父さん!!」

うずくまるジムのもとへ駆け寄ろうとしたアッシュは、背後の気配にギクリと立ち止まる。先ほど回し蹴りをくらって伸びていたもう一人の追っ手が、ナイフを持ってアッシュに襲いかかろうとしていたのだ。

扉に背を向けて立ち、残った男がニヤリと笑う。背後からアッシュの喉元にナイフの刃が迫るその瞬間、玄関口からぬっと手が伸び、男の頭をおさえつけた。

ショーターだった。彼は暗闇から姿を現し、追っ手の喉元をすばやく切り裂いた。

遅れて店に入ってきた英二が、血を噴き出しながら倒れていく男を目の当たりにしてしまった。血の気の引いた表情で口元を押さえて立ち止まる。

「見るなよ英二、お前向きじゃない」

固まっている英二を、ショーターが冷静に諭す。

そこへ、トラックを降りた伊部とマックスも駆け込んできた。

「英ちゃん！　大丈夫か？」

「え、ええ……」

マックスは床に倒れているジェニファを診た。

「彼女は……？」

伊部に訊かれて、マックスは首を左右に振った。既に絶命している。

「駄目だ……」

「そんな……！」

伊部と英二はショックを隠しきれない。ジムも右肩の傷を押さえながら、苦しげに呟いた。

「いい女だったのにな……いい女はみんな、早死にしやがる……」

そのとき、外からまた新しい人の気配がした。

「ジーム！　どうしたんだ!?」

外から聞こえる男は、異音に気づいて出てきた近隣住民のようだ。とっさに反応するアッシュだが、それを制してジムが叫んだ。

「心配ない、友だちだ。……ハワード！　来てくれ！」

「銃声がしたが――」

入口から入ってきたハワードは、店内の惨状にぎょっとして足を止めた。

「いったい何が!?」

「強盗にやられた……」

ジムがついた嘘に、アッシュがハッと顔を上げた。

「それより、ジェニファが……」

「ジェニファ！」

ハワードはそこでようやく、床に血を流して横たわるジェニファを見つけた。

「救急車を呼んでくれ……それから警察を」

一刻を争う事態に、ハワードは「わかった！」と慌てて店を走り出た。

それを見送り、ジムは息子を振り返った。

「……その銃をよこせ」

アッシュの手から銃を受け取ったジムは、右肩の痛みに耐えながら自分のTシャツで銃把を丹念に拭いた。

「これで、お前の指紋は残らん……」

ジムの行動の意味に気づき、アッシュが目を瞠《みは》る。するとジムは、今度はショーターのほうを向いた。

「あんたも、ナイフをジェニファに握らせろ。はやく、ここから逃げろ……あとは俺がうまく辻褄《つじつま》を合わせておく……」

言いながら体を起こそうとするジムを、アッシュが慌てて止めた。

「動くなって！　出血がひどくなる」

ジムはそんな息子に笑顔を向けた。

「やるじゃねえか、マフィアのボスに楯突《たてつ》いたんだと？」

それからふと、真剣な顔つきになる。

「ひとつだけ訊く……グリフィンを殺したのは、連中の仲間か？」

「……ああ……」

「そうか、わかった。お前が何を考えてるか知らんが、お前のやりたいようにしろ」

うつむくアッシュの横顔に、ジムは真実を読み取った。

もう一人の息子——グリフィンは殺されたのだ。やり切れない想《おも》いでジムはうつむき、目を閉じる。

「父さん……」

アッシュが呟いたとき、遠くからサイレンの音が聞こえてきた。

救急車と警察がじきにここへ来る。早く逃げなければいけないとわかっていた。しかし、こんな状態の父親を置いてはいけず、アッシュは躊躇《ためら》う。それを見かねてジムが怒鳴りつけた。

「グズグズするな、早く行け！」

なおも逡巡《しゅんじゅん》するアッシュの肩に、マックスがトンと手を置く。

「行こう、アッシュ！」

「アッシュ！」

店外から英二も叫ぶ。

マックスが先に走り出した。アッシュは横たわるジムとパトカーの影を交互に見て瞳を揺らすが、ようやく迷いを断ち切るように走った。

「……ちくしょう、カッコつけやがって！」

扉の前で振り返ったアッシュの瞳から、一粒の涙がこぼれ落ちた。

「死ぬなよ、クソ親父！」

「お前もな、バカ息子……」

傷の痛みに耐えながら、ジムはかすかに笑っていた。

英二とショーターは、すでにトラックの荷台に乗っている。

「アッシュ！」

「早く！」

「ちくしょう……ちくしょ――――!!」

涙を流しながら叫び、アッシュは走るトラックを全力で追った。

ショーターが差し伸べた手を摑み、引き上げられた反動で荷台に転がり込む。受け身をとって起き上がり、運転席のマックスにアッシュは言う。

「とばせ！　おっさん！」

「オーライ！」

ギアを入れ、マックスがアクセルを踏み込むと、トラックがグンッと速度を増す。

「くそったれ――ッ!!」

遠ざかるダイナーに向かって叫ぶアッシュの声が、冷たい風に運ばれていった。

＊　＊　＊

ゴルツィネと李王龍が、テーブルを挟んで座っている。

二人の前に置かれた食後のワインは、選び抜かれた逸品だ。

「今日わざわざお運び頂いたのは、我々の間に生じた誤解を解いておきたいと思ったからです、ミスター・李」

ゴルツィネがワイングラスを傾ける。

「誤解、と仰《おつしや》ると？」

王龍が軽く首を傾げた。

「アッシュ・リンクスと、彼が私から盗んだモノです」

「……『バナナフィッシュ』ですね」

笑みをたたえる王龍に、ゴルツィネも口角をあげた。

「そこまでご存じでしたか。……あれは毒物なのです、暗殺用の。つまり……あの薬物は、決してあなた方の市場を脅かすものではないのです」

「……つまり、見て見ぬふりをしろ、と？」

「『協力』をお願いしたいのです。私どもはこの件に関して、来年度からのヨーロッパにおけるヘロイン市場の一部をあなた方にお任せする用意があります。……いかがですかな？」

「……しかし、たった一人の少年を捕まえるために、何故《なぜ》そこまで？」

「アッシュには仲間がいます。そのうちの二人はジャーナリストです。我々としては現段階で情報が漏れることは是非とも避けたいのです」

それを聞き、王龍も背もたれに背中を預けて表情を柔らかくする。

「……確かにお互い誤解があったようだ……できる限り協力をさせて頂きましょう。

彼らは今、どこへ？」

「ロス・アンジェルスです。あそこにも、あなた方は活動の地盤を持っておられる。チャイナタウンを――」

「わかりました。それでは『月龍《ユエルン》』をお貸ししましょう」

一度目を閉じて、王龍はふたたび目を開けた。余裕の笑みを崩すことはない。

「ユエルン――月の龍ですか？」

ゴルツィネが繰り返すと、王龍は思わせぶりに深く頷いた。

「さようです。闇を支配する月――です」

＊　＊　＊

夜道にトラックを止め、マックスがスマートフォンを見ながら車を降りた。

「っかしいなー。この辺のはずなんだけどなー」

「ほんとかよ。道、間違えたんじゃねーの？」

助手席のドアを開け、アッシュはマックスの顔を見上げて言った。

ショーターも数回尻をさすって、うんざりとした顔で立ち上がる。

「あーあ、もう車乗んのやだぜ。ケツが石みてえだよ」

そんなショーターに英二も頬杖《ほおづえ》をついて共感し、道端にしゃがみこむ。

「ほんと……もう一週間近く乗ってるんだもん……」

スマホの画面では、ケープ・コッドから伸びる矢印がLAまで届いている。

腹減ったーと嘆くショーターの声に後押しされ、さすがのアッシュも疲れたように助手席にもたれた。そのとき、ドアミラーにチカッと小さな光がまたたく。

アッシュは一瞬にして山猫さながらに瞳を光らせて、「誰だ！」と暗闇に目をこらす。助手席から飛び降りて腰にさした銃を握り直すが、そこへのそりと現れたのは、懐中電灯を持ったホームレスの男だった。

「そりゃーこっちのセリフだわ。なんだあ、お前らは？」

マックスはホームレスの男に駆け寄った。アッシュも銃をおろす。

「ちょっと聞きたいんだけど、ロス・アンジェルスへはどう行ったらいいのかな？」

すると、男はおかしなものでも見るように、きょとんと目を丸くした。

「からかってんのか、あんた。ロスはここじゃねぇか」

思いもよらない返事に、「ここ⁉」とアッシュとマックスが声を揃《そろ》えて驚く。

見晴らしのいい丘へ一同が走っていくと、眼下に絶景が広がっていた。

木々の陰から現れたそれは、宝石箱をひっくり返したようなLAの夜景だった。

＃07 リッチ・ボーイ

The Rich Boy

ヤシの木が立ち並ぶロス・アンジェルス街路を、トラックは爽快に走っていく。

伊部が構えたカメラのファインダーごしに見えるのは、青い空と青い海、そして英二、さらにはナイスバディなオネイチャン――を「ヘーイカーノジョー！」とナンパしているだらしないショーターの姿だ。

ナンパの声を無視してカツカツと路肩を歩き続ける美女に、ショーターはなおもめげずに「インスタやってる？　アカウント教えてくんなーい？」と声をかけている。

荷台から聞こえてくる楽しげな声に、運転中のマックスがブツブツと文句を言う。

「気楽な奴だな。観光に来たんじゃねーんだぞ」

助手席のアッシュは、珍しく不機嫌なマックスを不審げに見つめて言った。

「どうしたんだよ、やけに苛《いら》ついてんじゃん。これから行く所に関係あんのか？」

「……うっぷ、うるさいな！」

マックスは込み上げた吐き気に口を押さえ、トラックは右に左に蛇行する。

「おい、吐くんじゃねーぞ！」

喉にせり上がるものをぐっと堪えて、マックスは「あぁ……」と飲み込む。

こちらを見向きもせず、つれなく浜辺へ降りていく美女に、荷台から切なく手を伸ばして嘆くショーターの横で、英二はキラキラ光る海を前に「わーい！　カリフォルニアだーい！」とはしゃいでいる。

やがて、トラックは一軒家の前で停まった。

「うえええええっ……はーっ、はーっ」

運転席から転げ落ちるように道端に出て嘔吐《おうと》するマックスを、ショーターが「なんだあ？」と不思議そうに覗き込んだ。

「気分が悪いんだとさ」

アッシュが呆れて肩をすくめていると、どこからか「パパ!?」と幼い少年の声が聞こえた。途端にマックスがハッと顔をあげる。庭先のブランコで遊んでいた少年が、マックスを見て目を輝かせて「パパーッ！」とこちらへ走ってきたのだ。

状況が理解できず、目を点にして見ていたアッシュたちは、声を揃えて驚いた。

「パパ!?」

「マイケル！　マーイケール!!」

「パパーッ！」

出所したマックスと離ればなれになっていた息子マイケルの感動の再会シーンだ。

歓喜する二人はまるでスローモーション映像のように駈け寄るが……。

「その子に触らないで！」

突然頭上に降ってきた怒鳴り声に、抱き合う直前でビクッと硬直する。

玄関口ではマックスの元妻であるジェシカが、恐ろしい形相で猟銃を構えていた。

「ジョージから、あんたが逃げ出したって聞いたわよ！　裁判に負けそうだからってマイケルを誘拐しようっていうのね!?」

「ちが、そりゃ誤解だジェシカ」

ジョージは共通の友人である例の弁護士だ。身振り手振りで必死に弁解しようとするマックスに、ジェシカは容赦なく威嚇発砲する。

「おだまんなさい！」

弾は足元の地面に着弾し、マックスは「ひゃあああっ」と必死に逃げまどう。

アマゾネスだ。アッシュたちはその光景に唖然《あぜん》とし、「あれじゃ気分も悪くなるわけだ……」と、内心ドン引きしながらマックスを見守っている。

そんな修羅場をものともせず、伊部が両手をあげて歩いていく。

「おーいジェシカ!」

「シュンイチ!?」

鬼の形相だったジェシカは、旧友との再会に毒気を抜かれて銃をおろした。

リビングには夕食が並び、マックスたちは静かに席についていた。

ジェシカはテーブルの上のリンゴをナイフでカツンと割り、マックスにナイフをつきつけた。

「シュンイチに感謝するのね、マックス。彼がいなかったらあんた、今頃蜂の巣よ」

脂汗を流すマックスの隣で、伊部は英二たちに「前に取材でお世話になったんだ」と説明する。彼女は現役の雑誌記者なのだと。

ジェシカはアッシュと英二を「ふぅん」と一瞥すると、さっきまで深い谷底のように刻んでいた眉間の皺をすっかり消して、営業スマイルで声をかける。

「君たち、いいセンいってるじゃない。うちの雑誌のモデルにならない?」

「えっ、モデル?」

モデルという言葉に、英二は一瞬、アメリカのファッション雑誌に掲載された自分たちを想像した。だが、その妄想はすぐにマックスのコメントで打ち砕かれた。

「だまされるなよ、尻の穴まで丸見えの大股開きをさせられるのがオチだぜ」

現実のシビアさに、英二は「しり……」と青ざめる。

「あんた、カメラマンのときにさんざん女のアソコで稼いだんでしょ！　あたしが男のアソコで稼いで何が悪いってのよ!?」

マックスに食ってかかるジェシカに、マックスもムキになって身を乗り出す。

「マイケルの教育上悪いさ！」

言い争う元夫婦を傍観しているアッシュの横で、両手で顎を支えてげんなりとマイケルがぼやいた。

「これ以上悪い状況なんて、考えられないね」

大人びたコメントに、アッシュも、ごもっとも、とため息をつく。

やがてマックスとジェシカも、周囲の冷たい空気に気づいて口をつぐんだ。

「ごめんなさい……マイケル、ポテトもっとどう？」

ジェシカが慌てて息子に笑顔を向けるが、マイケルはさっくり席を立った。

「僕もう寝るよ、おやすみ」

そう言ってつま先立ちするマイケルに、ジェシカは「はい、おやすみ」と腰をかがめておやすみのキスをしてもらう。

「おやすみ、パパ」

続いてマックスにもキスをする。大切な息子からの久しぶりのおやすみのキスに、マックスは目を潤ませ、愛おしそうにマイケルを抱き寄せた。

「うんうん、おやすみ」

「しばらく、こっちにいられるの？」

ふいに目を輝かせて訊いてきたマイケルに、マックスは口ごもって、困ったように
ジェシカの顔を見あげた。ジェシカは難しい顔をしている。

「……いや、その、仕事が済んだら、帰らなきゃならないんだ」

ごまかし笑いをするが、マイケルはすねたように離れて、「おやすみ、みんな」と
寝室へ去ってしまった。

気まずい空気の中、アッシュがジェシカを呼んだ。

「おばさん」

ジェシカが無言で天をあおぐ。

落雷の予感に顔をひきつらせるマックスの横で、アッシュが煽《あお》るように繰り返す。

「おーばーさん！」

「それって、あたしのこと？」

ジェシカがギロリと振り向く。

「他に誰がいるのさ？　マスタード取ってくんない？　おばさん」

ジェシカの不機嫌が最高潮に達する。伊部と英二は小動物のように震えあがり、

ショーターは君子危うきに近寄らず、とひたすら床を見つめている。

ツカツカと足音を響かせ、ジェシカがアッシュの目の前にマスタードをドン！　と置いた。あまりの迫力に、英二は「ふぇ……」と恐れおののいている。

「いいタマね、あんた。あの子のことで、あたしを責めてるつもり？　おあいにくさま。あんたみたいなチンピラに、口出しされる謂《いわ》れはないわ」

ジェシカはアッシュに顔を近づけて言い放ち、乱暴に部屋を出ていく。

「へっ、いいタマはお互い様じゃねーかよ」

つぶやいて、アッシュはたっぷりとマスタードを絞り出した。

「ほんっとにすまん」

身を小さくしたマックスが、部屋に残ったメンバーに向かって謝る。アッシュは軽蔑のまなざしで、元妻に頭の上がらない刑務所《ムショ》帰りの駄目な父親を見た。

「ふん、どいつもこいつも、親なんてのはロクな奴がいねーな。子どもは親を選んで生まれてくるわけじゃねえってこと、わかってんのかよ。ハズレだからって取り替えてくれってわけにはいかねーんだぜ」

さっさと食事を終わらせたアッシュも席を立ち、ひと足早く車へ戻る。

「よーく聞いとけよ」

伊部からも忠告され、マックスは「……ハイ」とがっくりうなだれた。

ヌイグルミを抱いて眠るマイケルの枕元に、マックスがそっとバースデーカードを貼った黄色いグローブを置く。

マイケルの寝顔を目に焼き付けるようにしばらく見つめ、名残惜しそうに髪をなでるマックス――。

ささやかな幸せを堪能してから、夜のうちに一行は家を出た。

「……ったく、息子の誕生日なら、最初からそう言やあよかったじゃねぇか」

プレゼントを届けるため、どうしても元妻と愛息の住む家に立ち寄りたかったくせに、ストレスで吐いていたというマックスに呆れながら、トラックに乗ったアッシュたちは、仕切り直して目的の場所へと向かう。

「悪かったな、付き合わせちまって」

すっかり大人しくなったマックスは、本来の目的地――ウェストウッド42の102番地に着いたことを確認し、トラックを停車させてライトを消した。

アッシュは「ここか」と助手席の窓から外を覗く。

トラックの荷台から降りた英二は「おっきい家だなぁ」と屋敷を見上げた。その建物は高い塀に囲まれ、ひっそりと静まりかえっている。

ショーターが門に手をかけると、なんと鍵は開いていた。

「不用心だな」

驚くマックスは、周囲を警戒しているアッシュに気づく。

「どうした？」

「……どうも……気に入らねえ」

その時、屋敷の中から「キャ────ッ」と悲鳴が聞こえた。

「裏のほうだ！」

とっさに走り出すアッシュに、ショーターたちも続く。

敷地の裏手に老婆が倒れ込んでいる。ショーターが駆け寄った。

「だ、誰か……」

「おい大丈夫か!?」

「……ぼ、ぼっちゃまが、さらわれて……」

老婆の言葉を最後まで聞く前に、アッシュは瞬時に気配を感じとっていた。

「あっちだ！」

建物の角に滑り出ると、ぐったりした少年を担ぐ三人の男たちの姿がある。

「待ちやがれ！」

怪しい男たちは、アッシュの声に振り返り、すぐさま発砲する。

弾は背後の柵に着弾した。アッシュは姿勢を正し、銃を抜く。

「どこ狙ってやがる！　こうやって撃つんだよ！」

男たちの腕、そして肩にアッシュの銃弾が命中した。三人は一目散に逃げていく。

「ショーター、前へ回れ！」

アッシュの指示で、ショーターが逃げる男たちを追う。

その場に置いていかれた人物は、長い黒髪をひとつに束ねた美しい顔と、華奢《きゃしゃ》な身体をしていた。地面に横たわるその姿を見おろしたアッシュは、遅れてやってきたマックスに訊ねた。

「……女か？」

「『ぼっちゃま』って言ってたぜ」

そう答えながら、マックスも少年の前で足を止める。

「アッシュ！　すまねえ逃げられた。バンを停めてやがって……」

男たちを取り逃がして戻ってきたショーターに、マックスは気を失った少年を抱き上げながら言う。

「とにかく中へ運ぼう」

少年をベッドに寝かせた一同は、スウルーと名乗る中国系の侍女らしき老婆に事情を聞くことにした。

「……私がお食事の支度をしておりましたら、あの男たちが来て、ぼっちゃまを」

「じゃあ、この少年が目当てだったってわけか」

「こいつ、いったい何者なんだよ」

アッシュに訊かれ、老婆は静かに目を閉じる。

「ユーシスさまは、旦那さまの——アレクシス・ドースン博士の、ご子息さまでございます」

英二とショーターは顔を見合わせた。

「……息子？」

その声に、眠っていたユーシスが「う……」とうめいて目を覚ます。

「ぼっちゃま！」

スウルーが嬉しそうな声を上げる。

アッシュはユーシスの瞳の色を見てハッとする。ショーターも同じことを感じたのか、そっと呟いた。

「英二に似てるなぁ」

「え？　そう……？」

ピンとこない英二は首をかしげる。日本人の自分と、中国系と思われる彼とは、黒髪と黒い瞳が共通しているのは確かだが……。

「あなた方は……？」

弱々しく身を起こすユーシスに、マックスが説明した。

「俺たちは、エイブラハム・ドースンって奴を捜してこの家に来たんだが……」

「それは、父の弟です……会ったことはありませんが」

黙っていたアッシュが、ユーシスの目をまっすぐ見て訊く。

「あんた息子だそうだけど、親父は名前からして東洋系じゃないな？」

「僕は養子なんです。父には子どもがなくて……息子にならないか、と」

ユーシスは儚げに答えた。女性のようなたおやかさを備えた美貌だ。

「玉《たま》の輿《こし》か」

嫌味っぽく言うアッシュを、マックスが「おい」とたしなめる。

「で、その博士は？」

訊かれたユーシスは、悲しげに目を伏せた。

「……父は、半年前から行方不明なんです」

部屋を出ようと歩いていたアッシュは足を止め、養子の青年を振り返った。

＊　＊　＊

応接間の窓際に立ったディノ・ゴルツィネは、先方からの連絡を聞き終えると、楽しげに通話を切った。

「案の定、連中はお前の家へ現れたぞ」

その視線の先には、エイブラハム・ドースンがいる。彼は神妙な面もちでソファに腰掛けていた。

「連中より先に、アレクシスを手に入れねばならんな。あれを完成させるためにも」

再び窓の外を向いたゴルツィネは「李王龍に繋げ」とグレゴリーに命令する。

忠実な番犬は「はっ」と従うのみだった。

＊　＊　＊

ユーシスにドースンの書斎へ案内してもらったアッシュたちは、めちゃくちゃに荒らされた暗い室内を見回した。

「……ひでえな。警察には？」

「届けました。でも数人警官が来ただけで」

「心細かったろうなあ……お父さんは行方不明だし」

か弱いユーシスの不安そうな様子に、英二が同情する。アッシュは鋭い眼差しで室内を観察し、ひとりごちた。

「なんか、変だよなあ……」

マックスも、元警察官らしい仕草で現場検証をしている。

「親父さんがどこへ行ったか、心当たりは？」

少年は軽く首をふり、逆にマックスに質問する。

「あの……いったい何があったんです？　あなたがたはどういう……」

「あっ、それはその……」

マックスは言いづらそうに頬をかき、口ごもる。

「なあ、こいつの中、見ていいか？」

「あ、はい……でもログインするにはパスワードが……」

ユーシスの言葉を無視して、アッシュはパソコンの前の椅子に腰をおろす。

「まっ、なんとかするさ」

余裕の笑みでパソコンを起動させた。その傍らで、英二が「できるの？」と訊くと、
アッシュは肩をすくめてみせた。

「皆さま、お食事の用意ができておりますが……」

書斎の入口に立ったスウルーに、ユーシスが「今行くよ」と返事をし、英二たちと連れだって退室していく。

アッシュはその隙に、パソコン画面を覗きこんでいたショーターに耳打ちする。

「あいつ、調べられるか？」

「何か気になるのか？」

ショーターも声をひそめた。

「わからない。しいて言えば、静かすぎることかな……」

アッシュは胸騒ぎを感じていた。

ユーシスの動きは猫のようだ。ドアが音もなく閉まる。


——数時間後。

ハッキング作業を続けていたアッシュは手を止め、バッと振り返る。

「あ……ごめんなさい、びっくりさせましたか？」

ユーシスが書斎に入ってきたのだ。アッシュはそっと息をついた。

「後ろから近づかれるのって、好きじゃないのさ。育ちが悪いもんでね」

「ジャスミン茶です。疲れがとれますよ」

ユーシスはアッシュの脇に湯呑みを置いた。

「あんた、足音を立てないんだな」

「どういう意味です？」

アッシュの言葉に、ユーシスがふわりと小首をかしげた。

「別に、言葉どおりの意味だけど？」

それだけ言って、アッシュはパソコン画面に向き直る。

「僕たち中国人は、幼いときから静かに動くよう、しつけられますから」

「へぇー、そういうもんかい。ショーターは、そりゃあやかましいけど」

軽口を叩くアッシュに反応せず、話題を変えるようにユーシスがパソコンのモニターに目をやる。

「……ログイン、できたんですか？」

アッシュはUSBメモリを見せて得意げに言った。

「シールドクラックでクラッキングした。こいつで起動したら、パスワードなんて意味ねえよ」

「すごいですね……それで何か、わかりましたか？」

「暗号化されたドライブがあって、今解読中だ。もっと早いCPUが欲しいな」

「見てていいですか？」

ユーシスに訊かれて、アッシュはうなずいた。

「どうぞ、あんたの家だしな」

そのとき、書斎に入ってきた英二がアッシュの背後からスッと画面を覗き込んだ。

「……どう？」

英二がすぐ後ろに立ったことをまるで気にする様子もなく、アッシュはクラッキング作業を続けている。その様子に一人、ユーシスだけが驚く。

「まあ、見てなって」

言いながらアッシュはタン！　と、キーボードを打った。そこでクラッキングが完了したのか、ドライブの暗号が解除される。アッシュは英二に笑顔を向けた。

「……な？」

「わあ！　すごいや！」

無邪気に喜ぶ英二に、アッシュもパチンとハイタッチで応じる。仲のよい二人の姿を、ユーシスは無表情のまま見つめ、やがてそっと目をそらした。

「二人を呼んできてくれ」

英二にマックスと伊部を連れてくるように言って、アッシュはパソコンに向き直ると「BANANAFISH」と打ち込んだ。

フォルダ内の検索がかけられ、見ていたユーシスが不思議そうに訊ねる。

「『バナナフィッシュ』っていうのは、なんなんです？」

「俺たちも知りたいのさ」

検索結果が表示され、ずらりとフォルダが下に伸びていく。

瞳に映り込む成分表に、アッシュはハッとする。そこへ、英二がマックスと伊部を連れて戻ってきた。

「何かわかったのか、アッシュ？」

「違う……」

「え？」

「俺たちは間違ってた……。バナナフィッシュは人間じゃない」

画面に表示されたのは——アルカロイドの成分表と、化学物質の精製方法を図にしたものだった。化学物質のグラフの数字がピコンと伸び、数字が上昇していくが、直後マーカーで次々と消去されていく。キダチチョウセンアサガオの画像を見て、アッシュは説明する。

「こいつは『バナナフィッシュ』の分析表だ。主なものはサイクロビン、リゼルジックアシッド、ジルチルアミド……。『バナナフィッシュ』は、あの薬物そのものだったんだ」

英二は「薬物……」と顔を強《こわ》ばらせた。

「問題は……おそらくこの不活性アルカロイドだ。これについては詳しいデータがない。これがいったいなんなのか……いったいどんな作用を引き起こすんだ……？」

「これが、グリフを狂わせたものの正体だってのか……？」

マックスが驚愕《きようがく》して分析表を見つめる。

「ドラッグか……それもまったく未知の……」

伊部も真剣な表情で呟く。検索ボックスのカーソルが点滅していた。

＊　＊　＊

アッシュにユーシスを調べるよう頼まれたショーターは、チャイナタウンの中華料理店にいた。向かい合って席に座るのは情報を持ってきた同胞のソニーだ。

「で、どうだ。何かわかったか？　ソニー」

「ユーシス・ドースン十六歳。両親とは死別、ドースン家へは、学校の紹介で入ったみたいだ。奨学金を受けて、今年飛び級で高校を卒業してる」

ソニーは自分のスマートフォンをスクロールしながら言い、調査結果が表示された画面をショーターに向けた。

「おつむのよさを認められて養子になったか。筋は通るな……」

「なあ、ショーター。マーディアは元気か？」

手元の端末をいじりながらソニーが訊いた。その画面には、ショーターとマーディアとソニーの三人が笑顔で写る、思い出の写真が表示されている。

「ん？　ああたぶんな。あのしっかりした姉貴のことだから……」

「お前の姉さんには、昔よく飯を食わしてもらったな」

ソニーはなぜか、そわそわと落ち着かない様子だった。何かに焦っているように
ショーターの言葉を遮る。

「ヘッ、あの頃はまだ親父も元気でなあ」

楽しげに話すショーターとは裏腹に、ソニーの顔色が悪くなっていく。ショーター
は友人の異変に気づき、心配して声をかけた。

「どうしたソニー？」

「ショーター頼む！　何も聞かずに今すぐロスを出てくれ！」

「え？」

急に大声をだすソニーの後ろで、客たちがのそりと立ち上がった。サッとブライン
ドが下ろされて、昼間だというのに店内が急に暗くなる。

「アッシュとかいう奴も、何もかも捨てて逃げるんだ！　頼む！」

「お前、なんでそれを！」

乗り出したショーターの肩に、何者かが手を置いた。

「やあ、ショーター・ウォン。私は李華龍《リ・ホアルン》。ニューヨークの李王龍は私の兄だ」

両肩を華龍の部下に押さえつけられて、ショーターはテーブルに突っ伏した。

「李家の……!?」

この街で、その名を知らぬ者などいない。

＊　＊　＊

ほとんど徹夜で作業を続けていたアッシュは、疲れた顔で画面を睨みつけていた。

「だいたい見たけど……もう隠しファイルや暗号化されたファイルはないみたいだ。そっちはどうだ？」

マックスも椅子に腰かけ、プリントしたデータを慎重に読み込んでいる。

「薬学的な分析データはさっぱりだが、記録は十年以上前に遡ってる。……グリフの事件も含めてな」

グリフィンの名前を聞いて、アッシュが一瞬目をそらす。

「さらにその前後に、同じような兵士の連続薬物中毒死が起きてる。その解剖所見まで記録されてやがったよ……」

ファイルと写真を照合して、忌々しげにマックスが言う。兵士の連続薬物中毒死に関するレポートに目を通したマックスが、独り言のように呟いた。

「こうなると、まったく別の絵が見えてくる……」

「軍関与の可能性——だろ？」

アッシュがニヤリと笑う。

「気づいたんだな、お前も……」

「当然だろ、ハッキングしたのは俺だぜ？　でもこれで、ディノと対等に取引ができるってわけだ……」

「よせ、これ以上首を突っ込むな。ヘタすりゃ国家レベルのスキャンダルなんだぞ！」

マックスは事の重大さに焦った。だが、アッシュは涼しげな顔をしている。

「……だからこそじゃねーか」

「バカ！　もう個人の復讐だののレベルじゃないんだ！」

マックスは立ち上がってアッシュを見下ろした。

「なんだよおっさん、ビビッてんのか？」

「茶化すな、お前だってわかってるはずだぞ」

冷静を装い、深刻な表情でたしなめる。だが、アッシュはそれに「ああ」とうなずきながらも、すでに気持ちを固めてしまっているようだった。

「……本当なら俺の手に負える代物じゃない。でも、どうしてもケリをつけなきゃならないんだ。殺されたスキップや昔の兄のこと……それに俺自身が自由になるためには……そうじゃなきゃ俺は……」

言いながらアッシュは、やりきれなさでゆっくりと手を握り込み、焦燥に煽られながら窓の外を見る。それを力強い言葉でマックスが遮った。

「だめだ」

「なに!?」

アッシュは振り返ってマックスを見る。

「お前は捨て身でぶつかる気らしいが、そんなものは、ただの犬死にだ。なぜわからん？　それとも……わかっていてやる気なら、力ずくでも止める」

強い眼差しでアッシュを見つめ返したマックスも、このままではこいつは……という灼《や》けるような思いがある。

「……あんたに、できんのか？」

アッシュがゆらりと立った。マックスはその正面に立ち、挑発するように言う。

「お前、刑務所で言ったな？　兄貴を見捨てた俺を殺すと。……いいだろう。だが俺もただでは死なねえぞ」

そのまま互いに譲らず、じりじりと睨み合う。

そこへ、英二の声が聞こえてきた。部屋の外からこちらに向かって近づいてくる。

ようやく二人は我に返る。

「この件は、他の連中には秘密だ」

「わかってるよ！」

マックスの提案にアッシュが感情的に返したところで、英二が部屋に入ってきた。

「ショーターが帰ってきたよ！　アッシュ！　……どうしたの二人とも？」

「なんでもない」

アッシュはパソコンの画面を消した。


「ユーシスだけどな、別に不審なところはなかったぜ」

ショーターはアッシュとテラスで二人きりになり、ユーシスの調査報告をする。

「そうか……それならいいんだ。やっぱり俺の気の回し過ぎか」

サングラスに隠されて、ショーターの思いつめた瞳はアッシュには見えない。

ショーターは、チャイナタウンでの華龍との会話を思い出していた。


「事態が変わったのだよ、ショーター・ウォン」

「どういうことだ？　あんたの兄上は俺たちを援助するって約束してくれたんだぜ」

「兄の命令だ。これから君には、アッシュ・リンクスとその仲間の動きを逐一報告してもらいたい」

「な……！　俺にスパイの真似を!?　冗談じゃねえ！」

ガタッと席を立ち、いきり立つショーターを華龍が冷静に制す。

「落ち着け、あの白人のガキと我々同胞と、どう秤《はかり》にかけるつもりだ？」

ショーターのサングラスに、酷薄な笑みを浮かべる華龍が映る。

「これからは『月龍』の指示に従ってもらおう。我々李家の血を引く者だ。いずれ彼から連絡があるだろう」


「……ショーター？　ショーター？」

アッシュに名前を呼ばれて、ショーターはハッと顔を上げる。

「どうしたんだよ、ぼーっとして？」

「いや……ちょっと疲れただけだ」

ショーターは椅子の肘かけにもたれ、テーブルに足をあげて誤魔化《ごまか》した。

「じゃあ、あの婆《ばあ》さんにお国の料理を作って貰《もら》えよ。お前のより数段マシな味だぜ」

アッシュはいたずらっぽく笑って、テラスを出て行く。

「ちぇっ、よくも言ってくれたなぁ！　こう見えても張大飯店の跡継ぎなんだぜ」

ショーターは、背もたれにあずけた首を支柱にしてのびあがってみせる。

「そりゃー気の毒に。お前の代でおしまいだな」

背中を向けたまま、アッシュが右手をひらひらさせて邸の中へ戻っていった。

ショーターは一人テラスに残り、暗い表情で空を眺めている。

そこへ足音もなく、ユーシスがやってきた。

「スウルーに何か作らせましょうか？　それとも――」

ショーターは勢いよく立ち上がり、突然ユーシスの腕を摑んで引いた。

「あ！　なっ何を――」

「いいから来い！」

戸惑うユーシスを、容赦なく壁にたたきつける。

「うっ！　あっ……」

ユーシスの襟元に乱暴に摑みかかり、ショーターは罵声を浴びせた。

「お前、いったい何者だ！　ドースンの息子だなんて大嘘だろう！」

「そんな、嘘なんて――」

とぼけるユーシスに「ああ!?」と凄《すご》んで再び壁に押しつけ、華奢な手首をギリギリと握りしめた。ユーシスは「あっ」と目をつぶって痛みに耐えている。

「ソニーは脅されてた。奴が調べた身元はあてにならねえ！　月龍ってのは誰だ、言え！」

そのとき、顔をそむけたユーシスの首筋に、見覚えのある紋章が見えた。

「これは……李一族の紋章。まさか……お前が月龍か!?」

目の前のかよわい少年が月龍その人だとわかり、ショーターは青ざめた。

ユーシス――月龍は、スルッと蛇のようにショーターの腕からすりぬけると、さっきまでのかよわい表情から一変した不敵な笑みを浮かべた。

二人はそのまま寝室へ移動した。月龍は、艶のある長い黒髪をするりと指の間に流し、優雅なしぐさでソファに座った。

「これからは、僕の指示に従ってもらう。僕の命令は兄の命令と思うがいい」

二人の立場は完全に逆転していた。

「……お前みたいな子どもだなんてな」

「ニューヨークの李王龍は、我々の長兄だ。僕は彼から数えて七番目の末子」

それを聞き、ショーターが僅かに反応する。

「父には息子は六人しかいないはず……と言いたいんだろ？」

相手の思考を読んだように告げて、指折り数えて七番めの薬指に、月龍がフッと息を吹きかけた。ショーターは「ああ……」とうなずく。

「支配者の一族には、血なまぐさい歴史がつきまとうものなのさ。繁栄の陰の流血は、いわば光につきまとう闇……僕はその闇を支配するよう定められた者だ。だから闇を司《つかさど》る『月』の名が与えられた……」

ショーターはその声をただ黙って聞いている。

「なぜ兄が、わざわざ僕を送り込んだのかがわかったよ。アッシュ・リンクス……なるほど、手ごわい奴だ……」

月龍はソファから立ち上がり、震えるショーターを残して部屋を出ていった。


「出版社と連絡がついたのか？」

リビングで通話していた伊部に、イスで資料を読んでいたマックスが訊いた。

少し離れたソファでは、アッシュがスマートフォンをいじっている。

「ああ。向こうから日本領事館と移民局にかけあってくれるそうだ。……ったく、ビザのことなんて、すっかり忘れてたよ」

歩み寄ってきた伊部に、マックスはさらに訊く。

「でも、英二は納得するのか？」

「……それを考えると頭が痛いよ。へたに話したら、また逃げ出しかねんからな」

「俺が話してやってもいいぜ」

突然顔をあげて、アッシュが二人の会話に割りこんできた。

「はっきり言ってやればいい、お前は足手まといだって」

言いながら、再び手元の端末に視線を落としている。伊部が眉をひそめた。

「それはひどい……」

「そういう言い方はないだろう！」

熱血のマックスは、思わず立ち上がって抗議する。それをアッシュは鼻で笑った。

「甘ったれたこと言ってんな。ここから先は、役に立たない奴は少ないほうがいい」

厳しい口調で言い返して、さっと部屋から出ていく。

「こんのクソガキ！ なんてこと言いやがんだ！ オイッ、待てッ」

カッとなり追いかけようとするマックスを、伊部が慌てて止める。

「マックス！ アッシュは、憎まれ役を買って出てくれたんだよ」


オレンジ色の空にうっすらと一番星が浮かんでいる。

「え……今、なんて……？」

夕焼けに染まるテラスで、英二は聞き間違いであってほしいと願いながら、ぼんやりと聞き返す。するとアッシュはもう一度、穏やかに告げた。

「足手まといだって言ったんだよ。日本へ帰れ」

「君にそう言われると、返す言葉がないな……」

アッシュは空を見上げている。英二はうつむいた。

「確かに僕は、自分で自分の身を守れないし、君の足を引っ張ってばかりだったね」

「そんなことねえよ。お前は俺とスキップを助けてくれただろ」

それはアッシュの本心だった。

「……でもあれは――」

「俺は……なんの代償もなく他人に助けてもらったのは、あれが初めてだ」

そう言って柵に寄りかかり、アッシュは空をあおぐ。

あのとき英二は、鳥よりも自由に空を飛んだ。その姿が今も忘れられない。

「俺を食わしてくれたり、寝場所を与えてくれたりした奴は、必ず見返りを要求した。――セックスとかな」

悲しげに笑うアッシュを見て、英二は胸がしめつけられるようだった。

アッシュは逆光の中、一度開いた手をぎゅっと握り締めた。

「俺が銃を持ち、腕を磨くようになったのは、そうしなきゃ生きていけなかったからだ。銃なんか持たずに生きていけるなら、それにこしたことはない……」

アッシュは英二の目を見て、ゆっくり突き放すように告げる。

「お前と俺とじゃ、住む世界が違いすぎる」

さっきまで目を合わせようともしなかったアッシュにまっすぐ見つめられ、英二は戸惑って目をそらしてしまう。

「わかったよ……でももう少し、考える時間をくれないかな。気持ちの整理、つかなくて……」

手すりにもたれ、英二はアッシュに背を向ける。

「いいさ。お前は俺のできないことができる。だからおあいこさ」

二階から降りてきたアッシュは、通り過ぎざまに伊部を見る。

「……あんたの出番だぜ」

そのままキッチンへ歩いていくアッシュに、伊部が声をかけた。

「すまない、アッシュ……」


テラスの手すりに身体を預け、落ちてゆく夕陽を眺めていた英二は、背後の気配に振り向いた。そこには、声をかけにくそうに立つ伊部の姿がある。

「伊部さん……」

「ああ……あれは、アッシュの本心じゃない。俺が頼んだことだよ」

「……いいんです、もう。僕は彼より年上なのに、いつも助けられてばかりで……」

言いながら、英二はどんどん涙声になっていった。こらえるように上を向いても、空に見える星は涙でぼやけていく。

「……でも、わかってても、彼の口から……ああはっきり言われると、それじゃ僕はいったいなんのために……ここまで来たのかな、って……」

必死で我慢していた涙がついに溢《あふ》れだして頬を濡《ぬ》らす。喋《しゃべ》れなくなって顔をおおう英二の肩に、伊部が優しく手を置いた。大きな夕陽が沈んでいく。

一方、キッチンのシンクで蛇口の水を出しっぱなしにしたアッシュは、グラスについだバーボンを一息であおって、顔をしかめた。度数の強い酒に口が歪む。

「さすがのお前も、英二に心ないことを言うのはこたえたか？」

その声にびくりと動揺したアッシュが、シンクにグラスを落とす。

声の主に気づいて「ちっ」とバツが悪そうに舌打ちするアッシュの手から、マックスはバーボンのビンを取り上げる。

「ニューヨークに戻るんだな？」

マックスはテーブルにもたれた。アッシュにこれ以上酒を飲ませないために、自分のグラスに残りのバーボンを全てそそぐ。

「だから英二を日本に帰そうとしたのか？」

マックスはグラスの酒をあおった。アッシュも胸の内を話す。

「……生き延びるチャンスが、一番少ないからな」

「今戻ったら、殺されるぞ」

「ここにいてもそれは同じさ。じきに追っ手は来る。ニューヨークがディノのホームグラウンドなら、俺にとってもそれは同じさ」

アッシュもシンクのふちにもたれた。マックスは訊いた。

「……どうしても、奴と刺し違える気か」

「……俺はもうこれ以上、逃げ隠れするのは性に合わない」

どう揺さぶってもびくともしないアッシュの覚悟に、マックスはやれやれと口の端をあげる。それから、再びグラスの酒をあおった。

「負けたぜお前には……俺もニューヨークへ行くよ」

その言葉に、アッシュが振り返る。

「お前がグリフの弟だった——それだけで、何か因縁めいたものを感じるよ。例のデータは『ニューヨーク・トリビューン』の局長に預かってもらう。文句は言わせねえぜ。これが俺のやり方だ。必ず本当のことを突き止めてやる」

真剣な表情で語るマックスを見て、アッシュは少しため息をつく。

マックスがなみなみとついだバーボンのグラスは、とっく空になっていた。

「あの英二とかいう日本人を、拉致する」

高く足を組んでソファに座る月龍は、傍らに立つショーターにそう告げた。

「は……？」

「アッシュ・リンクスを生け捕りにして、兄に引き渡すのが僕の役目だ……。けれどそれはひどく困難だ。彼は僕を疑ってるからね。僕の訓練された『動き』に感づいたらしい。こんなことは初めてだよ……」

「……だから英二を囮《おとり》にして、アッシュをおびきだそうってのか……」

月龍は妖艶な笑みを浮かべ、歯嚙《はが》みするショーターを見た。

「物わかりがよくて助かるよ」

「お前……っ！」

怒りに震えたショーターが、ナイフを構えて歩み寄る。

月龍はその行動を予想していたのか、動じる気配もない。

「へえ……僕を殺すつもりかい？　そんなことをしたら、あんたの姉さんがどうなると思う？」

姉を脅しの材料にされて、ショーターのナイフが月龍の喉元でピタッと止まった。

月龍は余裕の笑みを浮かべたまま、ショーターを見上げる。

「李家の子息たる僕に手をかけ、兄の命令に背くことは、同胞を裏切るということ。……あんたの姉さんだって、無事ではいられない」

月龍はショーターの腕からスルリと抜け出し、その耳元で楽しげに囁いた。

「両親の死んだ後、あんたを育ててくれた人なんでしょう？」

「くそったれがぁ……ッ！」

たった一人の大切な家族を天秤《てんびん》にかけられ、ショーターは咆《ほ》えた。振り向きざまに月龍の身体を強くソファに押し倒すと、そのまま覆いかぶさるようにして、女のような美しい造形の顔すれすれにナイフを突き立てる。

　月龍は低くうめいて抵抗するが、力の差は歴然でなすすべもない。

　勢いでサングラスが落ち、殺意に満ちたショーターの瞳があらわになる。

「俺は、お前たちを尊敬していた……親父もお袋もみんな口癖のように言っていた。我々が異国の地で無事に暮らしていけるのは、みんな李家のおかげだと……だから李一族にどんな黒い噂が出ようと、一度として疑ったことはなかった……だが……」

　予期せぬ反撃に動揺した月龍は、頰に落ちてきた涙の粒に息を呑んだ。ショーターの両眼からボタボタと大粒の涙が落ちてきて、月龍の頰を伝っていく。

　ショーターは咆えた。

「今は違う！　お前らもゴルツィネたちと同じだ！　人の生き血を吸う蛆虫《うじむし》だ！」

　泣き顔を隠すように落ちたサングラスをかけなおし、ショーターは立ち上がった。

「お前を英二に似てると思ったが、とんでもねえ……毒蛇め！」

　言い捨てて、部屋を出ていく。

　月龍は放心したまま、ショーターの涙で濡れた頰を指でぬぐった。

　窓の外、夜空には月が浮かんでいる。

「月龍様、華龍様からご伝言でございます」

　部屋の扉の向こう側からスウルーの声がして、月龍は我に返った。

「わかった。すぐ行く」

ゆっくり身を起こすと、ナイフで切れた黒髪が数本、ハラリとソファに落ちた。

月龍は、ソファに刺さったままのショーターのナイフをじっと見つめた。

＊　＊　＊

ここにも月が浮かんでいる。

父親のマックスからプレゼントされた黄色いグローブを頭にのせ、マイケル少年がリビングの窓から外を眺めている。母親のジェシカは、ソファに座って携帯で友人の弁護士ジョージと話をしていた。

「そうなのよ、昨日突然押しかけてきて……ねえジョージ、あの人、何か追っかけてるんでしょ？」

するとそのとき、窓の外の異変に気づいたマイケルが、ジェシカを呼んだ。

「ねえママ！」

「ちょっと待って」

通話中のジェシカは、マイケルを優しくたしなめる。

「誰か来たんだよ……」

窓の外、庭の芝生を横切って、三人の男が歩いてくる。

「え……？」

そのとき、バタン！　とけたたましい音と共に玄関のドアが蹴破られた。

男たちは東洋人に見えた。ぞろぞろと三人もリビングに姿を現す。

怯えて駈け寄ってきたマイケルを、ジェシカは守るように抱きしめると、ニヤニヤと卑しい笑みを浮かべた男たちを睨んだ。

#08 陳腐なストーリー

Banal Story

無言で食卓を囲むアッシュたちは、皆それぞれの考えにふけっていた。

帰国を促された英二はまだ落ち込んでいて、ショーターも表情が暗い。マックスはサンドイッチを片手に、これからどう動くか考えている。そして伊部とアッシュは、黙って食後のコーヒーを飲んでいた。

突然、ピリリリリ……と、マックスの携帯に着信があった。発信者の名前を確認したマックスの顔色が、サーッと一瞬にして青くなる。

「出ないのか？」

「ジェシカだ……」

「慰謝料、寄越せって言うんじゃねーの」

横からアッシュがからかう。

「うっせーな、くそガキ！　……あーもしもし、ジェシカ？」

電話が繋がり、マックスはすかさずジェシカの機嫌をとろうとする。が、すぐに声のトーンを変えた。

「貴様、誰だ!?」

緊迫した声に、アッシュたちも異変を察して顔をあげた。

ジェシカの端末を使って電話をかけてきたのは、男だった。


電話の向こうでは、グラサンをかけた黒髪の男が、ジェシカの乱れた長い金髪をいやらしくなでながら、へへ……と笑っていた。

「あんたの女房はいい味だなぁ。別れるなんてもったいないねぇ……そら」

そう言って、男はジェシカの耳元に携帯をあてる。乱れた着衣のジェシカは、抵抗したときに頬を張られたのか、整った顔に生々しい傷を負ったまま横たわっていた。

「マックス……」

『ジェシカ！』

弱々しい声に、マックスの叫びが重なる。

「あんたの顔なんか見たくもない。でも、マイケルだけは……あの子だけは助けて」

ジェシカはマックスに助けを求めた。

「パパ！　パパー！」

泣き叫ぶマイケルの声に、電話の向こうのマックスが気色ばむ。

『マイケル！　そこにいるのか』

リーダー格のグラサン男は、携帯を自分の耳元へ戻して、マックスに告げる。

「二人の命が惜しかったら、アッシュ・リンクスをここへ連れて来な」

『待て！　二人に何かしてみろ、脳天に鉛玉ブチ込んでやる！』

マックスの咆哮《ほうこう》を最後まで聞かずに、男は通話を切った。


既に電話は切られていて、通話口からはツーツーと空しい音が響いている。

アッシュは、怒りに震えるマックスをじっと見つめてから月龍に訊ねた。

「この家に武器は？」

「父の猟銃ぐらいしか……」

「出してくれ。弾も忘れるなよ」

まだ状況を把握できていない様子の月龍が、慌てて武器を取りに走る。

「アッシュ……」

マックスが切羽詰まった様子でアッシュを見た。

「どうやら簡単には、ニューヨークへ帰らせてはくれないみたいだな」

玄関前で、アッシュは銃のシリンダーに弾丸を込めた。マックスがその傍らで、月龍から受け取った猟銃を手にしている。

英二たちを振り返り、アッシュが銃を腰にしまいながら言う。

「お前たちは、ここにいろ」

「……しかし」

「これは俺の専門だ。従ってもらうぜ」

アッシュは有無を言わせない鋭い視線で伊部を見る。

「アッシュ……」

英二が心配そうな顔をして、アッシュを見つめた。

「そんな顔すんなよ。俺に任せとけって」

アッシュは、ショーターを皆から少し離れた場所へと連れていき、耳打ちする。

「お前は残ってくれ」

「え!?　なんでだよ?」

「どうも様子がおかしい……俺たちをおびき出すつもりなら、人質を別の場所に移して罠《わな》を仕掛けてくるはずだ。ここを手薄にさせて、俺たちの弱いとこを突くつもりなら……二人が危ない」

そう言って、英二と伊部を見る。

「頼んだぜ」

ショーターの肩にポンと手を置いてから、アッシュは玄関の扉を開けて出て行こうとする。それを、わずかに震えるショーターが呼び止めた。

「……アッシュ！」

その声に、アッシュが「ん？」と足を止め、振り返る。

だが背後に月龍の気配を感じ、ショーターは罪悪感を押し殺すようにうつむいた。

「……気をつけてな……」

「ああ」

軽く親指を立てたアッシュとマックスの後ろ姿を、ショーターはただ黙って見送ることしかできなかった。


トラックは猛スピードで、夜のLAの街を走りぬけていく。その車内では、茫然自《ぼうぜんじ》失《しっ》のマックスを見かねて、運転中のアッシュが声を荒らげていた。

「しゃんとしろよ！　女房子どものためだろう！」

「ちくしょう、ぶっ殺してやる……ちくしょう……ッ！」

マックスは猟銃を握りしめ、怒りに震えている。

一方、ドースン家では、リビングのソファに英二と伊部が腰をおろしていた。

「くそっ、どこまで汚い真似を……」

「二人からの連絡を待つしかないんですか？」

伊部はマックスの気持ちを思って唇を噛み、英二は何もできない自分の無力さにうつむいている。

「とにかく戸締まりだ。二階を頼むよ」

できることを精一杯しようと、伊部はすっくと立ち上がった。英二も「はい」と二階へあがっていく。

二人の様子をじっと眺めていたショーターは、月龍の声に振り向いた。

「さすがアッシュだね。あのどさくさであそこまで気が回るなんてさ」

「やっぱりお前が……！」

裏で糸を引くのは、月龍――李一族だったのだ。

「けれど……さすがの彼も、あんたが裏切り者だなんて夢にも思ってないらしい。わざわざ残してくれるなんて、ありがたくて涙が出るね」

そう言って、月龍はギリギリと自分を睨みつけてくるショーターに手を差し伸べる。

「さあ……それじゃあ手伝ってもらおうか、ショーター・ウォン……」

暗い室内で、月龍は妖しく微笑んだ。

ジェシカの家に着いたアッシュは、軒先に停まっているパトカーを見て、既に警察がきていることに驚いた。

「警察が……？」

もののしい雰囲気に、マックスは最悪の事態を想像した。

「おい、勝手に――」

呼び止める警官の声を無視して、封鎖された玄関へ突っ込んでゆく。

「ジェシカー！　マイケルー！」

リビングに飛び込んだマックスは、肩から毛布をかけてソファに座るジェシカと、その傍らで心配そうにしているマイケルの姿を見て、ハッと足を止める。

生きていてくれた――その安堵感《あんどかん》と、乱暴されたジェシカの痛々しい姿を目の当たりにした悲しみが、胸の内でないまぜになって渦巻く。

「パパ！」

マイケルがマックスに気づくと、嬉しそうにマックスの胸に飛び込んできた。

「マイケル、よかった、無事で……」

ジェシカを心配してずっと我慢していたのか、マックスにぎゅっと抱きしめられた途端、マイケルが安心して涙をこぼした。腕の中で泣きじゃくる小さな身体を、マックスは大事そうに抱き上げげた。

ソファから立ち上がったジェシカが、マックスを睨んだ。

アッシュが、傍らのマイケルに優しく声をかける。

「マイケル、おいで。パパとママはお話があるんだってさ」

マックスはすまなそうにアッシュに息子を預けると、元妻に向き直った。

ジェシカがふいに、素早い動きでマックスの頬を叩いた。と思った次の瞬間、マックスに抱きつき、堪えきれなくなったように泣きじゃくる。

「怖かったの……怖かったのよう……！」

マックスはその細い身体を、毛布ごと力強く抱きしめた。

同じ頃、庭に出たアッシュは、少年の目線に合わせてしゃがみこみ、ブランコに座るマイケルから話を聞いていた。

「……あいつら、いきなり入ってきたんだ。ママは僕をキッチンに逃がして……そしたらあいつら怒って、ママを……」

そこまで話して涙ぐみ、言葉に詰まる。アッシュはマイケルを優しく抱き寄せた。

「ごめんよ、嫌なこと思い出させて。警察へはママが？」

「ジョージおじさん……ママと電話中だったんだ」

アッシュは人のいい弁護士の顔を思い出した。それから、マイケルの手を握って安心させるように言う。

「それで、連中は逃げていったんだね。……白人？　それとも黒人だった？」

「ううん、どっちでもなかったよ」

マイケルが首を横に振った。

「……え……？」

——ジェシカを襲ったのは、ゴルツィネの追手ではなかった。

アッシュはようやく、この罠を仕掛けた者が誰かを察した。


アッシュとマックスの帰りを待ちながら、ドースン家のリビングでお茶を飲んでいた伊部は、突然ティーカップを取り落とした。言葉も出せずにソファに倒れ込む。

「あ……ぐ……」

「伊部さん、どうしたんです？　大丈夫ですか⁉」

英二は立ち上がり、苦しげな伊部に駆け寄った。

そのとき、月龍が微《かす》かな笑みを浮かべ、音もなく英二に近づいた。髪を束ねたあたりに隠してあった長い針を、ツッと一本取り出し、月龍は英二の背後に立つ。

「伊部さん！」

心配して呼びかけているその首筋にスッと針を刺す。すると英二は意思を失った人形のように、月龍の腕の中に力なく崩れ落ちた。

「何をしたんだ！」

ショーターが急いで英二に駆け寄った。月龍は淡々と説明を加える。

「これでもう、彼は動けない」

それから英二のこめかみのあたりに、ためらわず針を刺す。

「……もう、目も見えない」

続けて耳元も刺す。

「耳も聞こえない。指一本動かせない……ただの生きた人形さ」

月龍はぐったりした英二をその場へ置いて、次は伊部のほうに歩み寄っていく。

「だけど、こっちの男は違う。目も耳も聞こえる。つまり……この一部始終を見てる。あんたの裏切りもね」

目を開き、じっと虚空を見つめる伊部に、月龍は悪魔のように耳元で囁いた。

「アッシュに伝えて。ニューヨークの李王龍のもとへ来いって。さもなければ、この少年はゴルツィネの悪趣味の餌食だ。帰って来るときは、命はもちろん――ヒトの姿をしてないだろうね……」

ショーターは月龍を止められない。やりきれない気持ちのまま、英二を抱えこむ。

そこへ、スウルーが姿を現した。

「お車が参りました」

「行くよ」

月龍はショーターに告げ、玄関へ歩きだす。

ぐったりした英二を抱え上げてそれに続いたショーターが、伊部の前に背中を向けたまま立ち止まった。

「伊部さん、すまねぇ……だけど、これだけは信じてくれ。俺は命にかけて、英二には指一本触れさせねえ……約束する」

それだけを言い残し、月龍の後を追って暗闇にまぎれていく。

部屋に残された伊部の耳に、バタンと扉の閉まる音だけが届いた。


深夜、ＬＡの広い公道を、月龍たちを乗せた車が走る。

車内の後部座席で、周囲から守るように英二を抱き寄せたショーターは、ずっと暗い顔をしていた。

月龍は流れていく窓の外の景色を眺めながら、考えを巡らせる。

「バナナフィッシュ、か……確かにあの薬なら、一騒動起こるのも頷ける」

アッシュが開いてみせた化学式。あれは月龍にはある程度、理解できるものだ。

（……面白いな。兄はそのことに気づいて僕をよこしたのかな……それとも――）

マックスのトラックは、街路を猛スピードで走り抜けていく。

　アッシュの乱暴な運転に、助手席のマックスは戸惑うばかりだ。

「おいアッシュ、急に戻るって、一体どういうことだ？」

「チャイナタウンが俺たちを売ったんだ！」

　マックスは「え!?」と驚愕した。

「やっぱり、あのユーシスが『イヌ』だったんだ！」

　怒りで徐々に声量をあげ、アッシュは悔しそうにハンドルを叩く。

「……だとしても、ショーターがいる、なんとか食い止めてくれるさ……」

　マックスはアッシュをなだめるが、嫌な予感は拭えない。

　しばらく走って、トラックはドースン家に着いた。玄関前で急ブレーキをかけて停車させたアッシュとマックスは、「英二！　伊部！」と叫んで屋敷に駆け込む。

　アッシュは、リビングの床で倒れている伊部に気づいた。

「俊一！　大丈夫か？　どうしたんだ！　英二とショーターは!?」

　マックスが抱き起こすが、伊部はうまく声を出すことができない。

「……あ……ウ……」

　苦しそうになんとか言葉を絞り出そうとするが、まるで要領を得ない。

「くそっ！」

　アッシュはもどかしさに立ち上がり、玄関へ駆けていく。

「おい！　どこ行く気だ!?」

マックスの声に、アッシュは怒りを込めて振り向いた。

「決まってる！　チャイナタウンだ！　奴の戻るとこは、そこしかねぇ！」

だがいきり立つアッシュに、マックスに支えられた伊部が何かを伝えようとする。

「待て、俊一が……」

「……ち……が、う……」

アッシュは、伊部の言葉に足を止めた。

＊　＊　＊

空港内にあるＶＩＰラウンジの窓辺で、身なりのよさそうな東洋系の男が一人、離陸する飛行機を眺めている。

──李華龍。彼は任務を終えて帰ってきた弟たちを出迎えた。

「ご苦労だった月龍、ショーター・ウォン」

華龍は上等なソファに深々と座り、その隣に月龍も腰をかける。

ショーターは英二をソファに寝かせて、その頭を自分の膝の上にのせ、兄弟の向かいのソファに腰をおろした。

「君の働きは、私から兄によく伝えておこう。君の将来は我々に任せてくれたまえ」

「勘違いしないでくれ。俺はこいつの傍を離れる気はねぇ。もちろん、あんたたちの傘下に入る気もな！」

それを聞いて、華龍が「ほう……」と笑う。月龍はショーターを鼻で笑い、華龍に耳打ちする。

「良心の呵責《かしゃく》に悩まされているらしいよ、親友を裏切った、ってね」

コンコンとドアをノックする音が聞こえる。華龍が「客人がみえたようだ」と招き入れたのは、なんとオーサーとグレゴリーだった。

ショーターが「オーサー……！」と、ガバッと顔を上げる。

「よぉ、久しぶりだな」

「とうとう、イヌに成り下がったってわけか……」

立ち上がったショーターは、オーサーに食ってかかる。

「言葉に気をつけろ。俺はもう、お前らのようなチンピラじゃない」

その傲慢な物言いを、ショーターが笑った。

「だからイヌだと言ったのさ。ゴルツィネの足の指をなめて、お仲間にしてもらったんだろうが！　だからみんなはアッシュを選んだ。お前よりもな！」

ショーターは挑発するように言った。

「お前は永遠にアッシュには勝てねぇ。いつか身をもって知ることになるだろうぜ」

オーサーは憎悪に一瞬顔を歪ませたが、すぐに勝ち誇った表情で告げる。

「……ずいぶんと威勢がいいな。まあいい、そいつを渡してもらおうか」

ソファに横たわる英二の方へ視線を向けるが、ショーターがそれを遮るようにソファの前に立ち塞がった。

「断る！」

「悪いが、パパ・ディノがご所望なのは野良の中国猫じゃねえ。黒い瞳の日本猫だ。写真を見て一目でお気に召したらしい……アッシュが知ったらさぞ苦しむだろう。自自分のせいで、こいつが昔の自分と同じ地獄に堕《お》ちるんだからな……そうなったとき、俺が奴に勝てないかどうか、とくと見てもらおうじゃないか……」

そう言ってオーサーが顎で示すと、二人の男が英二に近づいていく。

ショーターは、自分の足首に仕込んでいたナイフを英二の喉元につきつけ、手下たちに向かってテーブルをドカッと蹴った。オーサーが表情を変える。

「こいつから引き離そうってんなら、今すぐ喉を掻っ切るぜ！」

「なに……」

「もちろん俺も後を追う。一人じゃいかせられねえからな……。大事な手土産を死なせたら、お前の立場もなくなるぜ」

ショーターは、抱えこんだ英二を辛そうに見つめる。

突然、月龍が腹を抱えて笑いだした。

「アハハ、アーッハハハハ、くっくっくっくっ……」

こみあげる笑いをなんとか止めようと、月龍は口元を押さえている。そんな弟を華龍がやれやれとたしなめる。

「よさないか、無礼だぞ」

「ごめんなさい……だって――」

「おかしけりゃ笑えよ！　さあどうする、オーサー！」

と、まだおかしそうにしている月龍の言葉を遮って、ショーターが怒鳴った。

すると華龍がイスから立ち上がり、黙り込んでいたオーサーの前に立った。

「やれやれ……彼は本気だ。ここは私に免じて、彼の意地を通させてやっては頂けないだろうか。兄とミスター・ゴルツィネには、私から事情を説明しましょう」

それを聞いて、オーサーは舌打ちをして部屋を出ていく。猛犬のような顔でオーサーを睨んでいたショーターも、ほっと安堵《あんど》の表情を浮かべた。

オーサーの手下らしき男たちが、英二を抱きかかえるショーターに声をかけた。

「車イスを……」

「さわんな！　んなもんいらねぇ！」

殺気立つショーターは、英二を抱き上げ、男たちの前を通り過ぎていく。

部屋には、華龍と月龍だけが残った。

「……どうした？　ずいぶん感情的だな」

言いながら、華龍は月龍が座るソファの後ろに立った。ひとつに結ばれた月龍の黒い長髪を、自らの手の甲に乗せてすべらせるように弄ぶ。

月龍は兄の手から逃れるようにして、そっけなく返す。

「別に。少し疲れただけさ」

不機嫌そうな月龍を見て、華龍がフッと笑う。

「しかしお前は、相変わらず美しいな。我が弟ながら心騒がせられる。それにしてもますます似てくるな、父の心を乱したあの女に……。今でもよく覚えているぞ。あの女が死んだとき、俺はまだ十五だったが……今のお前に生き写しだ……」

華龍は窓辺に歩いてゆき、ガラスに映り込んだ月龍の姿を見つめて言った。

「……僕も、よく覚えていますよ。まだ六つのときだったけれど。両の目から涙を、胸から血を流していた」

そう告げた月龍は無表情だが、どこか悲しげだ。

「恨んでいるのか」

兄の問いに、弟はそっけなく返す。

「……もう、済んだことです」

＊　＊　＊

ドースン家のリビングで、伊部はソファに寝かせられていた。

月龍の盛った薬は、症状が和らぐのに時間がかかった。早く伝えたいのに伝えられないもどかしさに、伊部はもだえていた。

「無理するな俊一」

そう言われても、伊部はアッシュを見てなんとか言葉をしぼりだそうとする。

「……ニュ、ヨーク……だ」

マックスとアッシュはそれを聞き、ハッとする。

「チャイナ……タウン……へ、英二……返し……ほし、ければ……」

「やはりショーターが？」

マックスが訊くと、確信を得たアッシュが伊部の代わりに応える。

「糸を引いてたのは、ユーシスだ」

それでも、ショーターはユーシスについたのだ。

「……信じられん、ショーターが……」

思いもかけない裏切りに、マックスは戸惑う。だが、アッシュはショーターの気持ちを察し、悔しそうに顔を歪ませた。

「あいつも中国人なんだ。苦しかったに違いない……俺がもう少し気をつけていれば……ニューヨークには、あいつの姉貴もいる」

「そういうことか……！」

マックスは合点がいったとばかりに、自分の太ももをたたく。アッシュは怒りで床を踏みつけた。

「敵は二人に増えたってわけだ。王龍――許せねぇ！」

そのとき、見知らぬ気配を感じて、アッシュは勢いよく振り向いた。

「誰だ!?」

階段のほうに拳銃を向けるが、そこには無人の薄闇があるばかりだ。

だが、アッシュは確信していた。誰かがそこにいる。

「いるのはわかってるぜ、出てこい。俺は今、最高に頭にきてる……出てこねぇならブチ殺すぜ！」

引き金に指をかけて、大声で怒鳴る。

「ま、待て！　撃つな！」

しわがれた男の声がした。アッシュの迫力に恐れをなしたのか、両手を挙げながら階段から降りてくる者がある。

リビングの入口に姿を現したのは、頭頂部が薄くなった細身の中年男だった。

「誰だ、お前は……？」

敵ではない……ように見える。アッシュは思わず眉をひそめた。

「それはこちらの言う台詞だ！　ひとの家に勝手に入り込んで」

「なんだって？」

マックスが驚く。アッシュはハッとして銃を下げた。

「じゃああんた……」

そういえば、誰かに似ている。そうだ――。

「私はアレクシス・ドースンだ！」

＊　＊　＊

「そうか……わかった」

屋敷のリビングで、ソファに座っていたゴルツィネは、サイドテーブルの本体の上に、そっと受話器をおいた。

向かいのソファには、合衆国の中央人事に詳しい者が見れば驚くようなメンバーが座っている。トーマス・ホルストック陸軍大佐、共和党のウィリアム・キッパード上院議員だ。

「ドースンが自宅に現れたようです。例の少年とジャーナリストと、合流したと思われますが……どうかご安心ください。すでに策は講じております」

「ならばいい。その件については、君に一任しよう」

キッパードが縦にも横にも大きな身体を、どっかりとソファに預けて言った。

「ところで、本当に『あれ』は使えるのか？」

陸軍の青い軍服に身を包んだホルストックが、怪訝《けげん》そうに訊く。

ゴルツィネは、およそらしくない柔和な笑顔で答えた。

「あとは実地の試験だけです、大佐」

「人体実験か……」

ホルストックがつぶやくと、キッパードが厳しい目つきで忠告する。

「以前のようなことはあるまいな。あのときは、自殺ということでカタがついたが」

「『あれ』はすでに完璧です。以前のような試作品ではありません。実験の被験者についても、すでに選出しております」

ゴルツィネは仄暗《ほのぐら》い笑みを浮かべた。

＊　＊　＊

航行中のプライベートジェット機内。

シートに座ったショーターは、ソファに寝かせた英二を心配そうに見つめていた。

（……英二、許してくれ……俺は自分のしたことを、これほど悔やんだことはねぇ）

その穏やかな寝顔を見守りながら、ショーターは唇を噛む。

（もしもゴルツィネの野郎が、お前に妙な真似をしようとしたら……必ず、俺がこの手で……）

汚される前に殺してやる、とショーターは覚悟を決めていた。子どもを寝かしつけるように英二の髪に優しく手を置き、苦しげな表情で目を伏せる。

嵐が去ったドースン邸のリビングでは、ソファに寝かされた伊部がドースン博士に静脈注射を打ってもらっていた。

「この解毒剤は、大抵の筋肉弛緩《しかん》剤に効果がある」

ドースンの背後に立ったアッシュが、ポツリと呟く。

「……バナナフィッシュ」

その言葉にドースンはハッとアッシュを振り返る。

「あれは、あんたの作ったものだな？」

アッシュは静かに問いかける。ドースンは突然のことに動揺しているようだった。

「……お前たちはいったい……弟の仲間か？」

「俺の兄貴は、イラクであの薬を飲まされて……廃人同様になったまま、あんたの弟に撃ち殺されたんだ！」

アッシュはやりきれない思いをドースンにぶつける。

「なに……？」

「そいつがあの薬《ヤク》にやられたとき、俺はその場にいた。奴とは親友だったんだ。俺たちは話を聞く権利がある」

マックスも立ち上がり、床に座りこんだドースンを見下ろす。

黙りこくるドースンに苛立ったアッシュが、「おい！」と、両手で胸倉を掴みあげ、強引に立ち上がらせた。

「俺は、こんなとこでぐずぐずしてらんねえんだ！」

今にも殴りかからんとするのを止めようとして、マックスが「アッシュ！」と腕を摑んだ。アッシュは焦りを深くして、ドースンを見つめる。

「あんたの弟が組んでる連中が、仲間をかっさらっていきやがったんだからな！」

弟の不始末を知ったドースンの顔から、先ほどまでの躊躇いが消えた。

「……わかった……ついてきなさい」

案内され、アッシュとマックスは荒れ放題の書斎に足を踏み入れた。

「あんたは、今までどこに？」

マックスが聞くと、ドースンは静かに答えた。

「ここ数カ月間、妙な男たちにつきまとわれてな……それでずっと貸別荘にいたんだが、誰かが私のパソコンに入り込んだのがわかった」

ドースンはアッシュのほうを見た。図らずもアッシュのハッキングが、ドースンをこの屋敷に呼び戻したのだ。

「しかし……残念だが、あれはダミーだ。弟と組んでいるなら、とっくにわかっていることばかりだ」

そう言って本棚に手を伸ばしたドースンは、天板にある隠しスイッチをカチッと押した。すると、ズズズ……と棚がスライドしていく。

「こんなところに、部屋が……」

驚く二人の前に、無数の薬品が雑然と置かれた隠し部屋が現れた。壁にはたくさんのメモが貼りつけられている。これがドースン博士の真の研究室だったのだ。

ドースンは電気をつけ、デスクの前の椅子に座った。

「連中も、ここには気づかなかったようだ。私は『あれ』を作り出してしまったときから――いつか、こういう日が来るのではないかと思っていたよ……」

「それで、こんな隠し部屋を？」

アッシュの質問に、ドースンが無言の肯定をする。

「……あれはもう、二十年も前になるか。私は新米の医局員、弟はまだ学生だった」

ドースンは、ブルックリンで貧乏暮らしをしていたときのことを思い出す。

「あるとき、小遣い稼ぎのつもりでドラッグを作って売ることを考えた。そこで私たちは、偶然作り出してしまったのだ。あの悪魔を……」

アレクシスとエイブラハムのドースン兄弟を含む三人の研究員は、ついに完成した薬物――バナナフィッシュの結晶をのぞきこんでいた。

弟のエイブラハムはただひたすら嬉しそうな顔をしていたが、兄のアレクシスはその結晶を見て、すでに嫌な予感を抱いていたのだった。

＊　＊　＊

李王龍邸の応接室で、オーサーはソファに座っていた。

そこへ、李一族のトップ・王龍がねぎらいの言葉をかける。

「ご足労でした、ミスター・オーサー。じきムッシュウ・ゴルツィネからの迎えも着くはずです」

オーサーは横柄に手足を組み、王龍にへつらう素振りもなく黙っている。

王龍は、英二に寄り添ったまま暗い顔をしているショーターを見た。

「ショーター・ウォン、君もご苦労だったな」

そう言って、王龍は背後に控える弟たち――華龍と月龍に向き直る。

「二人とも、ちょっと」

笑顔で促し、兄弟三人は退室していく。

書斎に入ると王龍は椅子に腰かけ、向かいに立つ月龍に訊ねた。

「さて、改めて聞こう。『バナナフィッシュ』とは、なんだ?」

華龍は王龍の傍らに立ち、一緒に月龍の報告を聞いている。

「あれは……我々にはなんの意味もないものです。アルカロイド系の有機化合物で、自律神経系を麻痺《まひ》させ、心不全に似た症状を起こさせる。何より痕跡が残らないこと。暗殺用としては、極めて優れています」

「……本当か?」

と、探るように聞く王龍に、月龍は口角をあげてサラリと答える。

「僕をこの分野の専門家に仕込んだのは、兄さんのはずでしょう?」

王龍は立ち上がり、突然、月龍の首を摑んで机の角に押し倒した。

「ぐっ！　あっ！」

月龍の顔が苦痛に歪む。弟を追い詰める王龍からは、先ほどまでの優しい雰囲気はすっかり消え去り、ただひたすら高圧的に月龍を見下ろしている。

「なぜデータを手に入れなかった？」

「……アッシュは、そんな隙を見せたりはしない。兄さんも、彼がただの少年ではないことは、わかっているでしょう？」

「だからお前を送り込んだのだ。そのお前でも、奴には敵《かな》わなかったというのか？」

月龍は首を絞められたまま、肯定するように弱々しく目を伏せる。

「嘘ではないだろうな！」

「どうして、嘘なんか……」

「私はいつでも、お前の細首など片手でへし折れる。よく覚えておくことだ」

そう言い捨てて、ようやく月龍の首から手を離す。

「華龍、お前が私の名代として、あの二人をゴルツィネに引き渡してこい」

「はい」

華龍がニヤリと笑った。

やっと解放されて床にへたり込んだ月龍を、王龍が上から見下ろして言った。

「お前も行け」

月龍はハッと王龍を見上げた。兄は自分に、ゴルツィネの慰み者になれと告げているのだ。

「奴は、お前のことは何も知らん。懐に飛び込んで探り出すのだ、ゴルツィネの本当の企《たくら》みを」

力なくしゃがみこんだ月龍の顎をクイと持ち上げ、王龍は耳元で囁いた。

「安心しろ、見殺しにはせん。お前にはまだまだ働いてもらわねばならんからな」

書斎から出ていく兄二人の後ろ姿を無言で見つめ、月龍は心の中で冷笑した。

(……奴は何も知らない、か……。知らないのはあなたもだよ、王龍兄さん。バナナフィッシュは、ただの暗殺用のちゃちな薬物じゃない。もし、僕の推測が当たっていたら――)

それは間違いなく、世界を変える恐ろしいものになる。

＊　＊　＊

ドーソン家の隠し部屋で、アッシュとマックスは話を聞いていた。

「……悪夢だ」

バナナフィッシュについて、端的にドースンは言った。

悪夢？　とアッシュが聞き返す。ドースンはうなずいた。

「ＬＳＤなど、ある種の薬物は幻覚作用を引き起こす。使った人間の精神状態がよくなければ、バッド・トリップに陥る。バナナフィッシュは、すべての人間にこのバッド・トリップをもたらすのだ。どんな人間だろうとも、この悪夢から逃れることはできん。恐怖や憎悪、あらゆるナーヴァスな感情を拡大させてしまう……」

マックスがゴクリと唾を呑んだ。

「でも、客が一発でイカレちまうドラッグなんて、商売にならねえだろ」

とアッシュが疑問をぶつける。マックスも理解できずに首をかしげる。

「第一、そんなものに軍が興味を示すとも思えん」

するとドースンは、その疑問にも「ああ、そのとおりだ」と素直にうなずく。

「これだけでは、ただの粗悪な幻覚剤に過ぎない。問題なのは、これが外部からの刺激を受けやすいという点だ。……薬物暗示というのを知っているか？」

その問いにマックスがジャーナリストらしく答える。

「旧ソ連が開発した薬物による催眠暗示で、スパイ行為や要人暗殺を強要する戦略だろう？　でもあれは、確実性が低くてまったく実用化されなかったって話だぜ」

「……バナナフィッシュは、それを一〇〇％可能にするのだ」

ドースンが重く低い声で告げた。

同じ頃——。

王龍邸の一室で、李家の小間使いに髪を梳《す》かれていた月龍も、バナナフィッシュの正体に考えを巡らせていた。

（あれは、使いようによっては兵器にもなりうるものだ……）

それは、あらゆる薬物に精通する月龍の、知識に裏づけられた直感だった。

ドースンは、嚙《か》み砕《くだ》いて説明する。

「たとえば、あれを飲ませた上で、『奴らは敵だ。殺せ』と言えば、その通りのことが起こる」

途端に、アッシュとマックスは眉間に皺をよせた。

「なんだって？」

「そんなバカな……」

信じられない表情の二人に、ドースンは説明を続けた。

「最初にそのことに気づいたのは弟だ。もう一人の仲間が、できあがったばかりの薬を試して死んだ。私は恐ろしくなって薬を処分したが、弟は隠し持っていたのだ……

そしてイラクの地で、捕虜や兵士たちに……」

「モルモットにしたのか。仲間を……グリフを……」

想像を遥《はる》かに超える真実に驚愕するマックスの横で、怒りに歯を食いしばっていた
アッシュが感情的にドースンに摑みかかった。そのまま乱暴に壁におさえつける。

「お前らがそんなもんを作ったせいで、兄貴もスキップもみんな……！」

アッシュの両目から、熱い涙がこぼれた。

「兄貴は——兄さんはそのために……悪夢にうなされ続けて……」

悔しくてやるせない思いで、アッシュは涙を堪えるようにぐっと口を閉じた。

この男相手に、今更こんなことを言ってもしょうがない、とわかってはいても、言
わずにはいられなかった。

ドースンを突き放し、アッシュは腕でぞんざいに涙を拭う。

ヨロヨロと壁に手をついて、大きく息をつくドースンに、アッシュは告げた。

「だけどこれで、あのじじいの腹がわかった。奴はあんたの弟と組んで、合衆国と取
り引きをするつもりだ」

＊　＊　＊

李王龍邸の応接室。そこで待ち構えていたオーサーとショーターが顔をあげる。

豪奢《ごうしゃ》な金屏風《びょうぶ》の前に、月龍が立った。繊細な刺繡《ししゅう》が施されたチャイナドレスを着た彼は、女のような美貌が強調され、すでに見知っているはずのショーターですら息を呑むほど美しかった。

傍らに立つ王龍が、圧倒されているオーサーたちに声をかけた。

「お待たせしました。これは私の末の弟。わけあってお供させて頂きます。……では参りましょう」

王龍たちに続いて歩き出した華龍が、口の端に笑みを湛《たた》える月龍に気づいた。

「何がおかしい？」

「別に……」

月龍は歩きながら、そっけなく返事をした。

「ふん、おかしな奴だな。人身御供《ひとみごくう》に差し出されるというのに」

「兄さんたちに逆らっても、無駄なことはよくわかっているよ」

月龍はそのまま、華龍の前を歩いていく。

「……何を今さら」

（逃げることができないのなら、ともに滅びるまでさ……）

月龍は、殺された母の姿を思い出し、心の中で呟いた。

（忘れはしない、母を殺したお前たちを……必ず破滅させてやる。お前たちが蔑み卑しんできた、この僕が――）

＊　＊　＊

ドースンの話を聞いたマックスは、すっかり頭を抱えていた。

「……なんてこった……」

「私は……弟が人体実験をしたことを知って、薬を取り上げた。永遠に葬るつもりで……だが――」

言いかけて、老いた身体を震わせる。アッシュは察して、蔑むように言った。

「……処分しなかったんだな、あんたは」

「私は科学者だ。未知の発見を無に帰してしまうことはできなかった」

責められるのは百も承知で、自らの知的好奇心を止めることができない。天才ゆえのジレンマとも言えた。だが見苦しく言い訳をするドースンに、耐えきれなくなったアッシュは殴りかかる衝動を抑えきれない。

「待て！」

マックスがアッシュの右手を摑んで止める。

「放せよ！　こいつを殴らねぇと気が済まねぇ！」

抵抗するアッシュの手を離し、マックスは一歩、前に出た。

「そうじゃない。……俺にやらせろ！」

強烈な右ストレートを受けて、ドースンが反対側の壁のほうまで吹っ飛んだ。

そこへ、ようやく立てるようになった伊部が追いついてきた。隠し部屋へ入ってきて、よろけるドースンを受け止める。

「俊一！」

まだ辛そうな伊部はドースンの身体を離し、ニッと笑みを浮かべて全力で殴る。

「これは、英二のぶんだ……！」

伊部はバランスを崩して、気絶したドースンの上に自らも倒れこむ。

床でのびている二人を見て、マックスが深刻そうに語った。

「ディノ・ゴルツィネの大いなる陰謀か……もし合衆国が後ろ盾になれば、奴は暗黒街のトップに躍り出るというわけだ」

ふと、アッシュが物音に気づいた。

「しまった！」

マックスが「ん？」と顔をあげると、書斎は既に月龍の部下たちに囲まれていた。

白人でも黒人でもない、この男たちは東洋系の――。

李一族の手の者か……とアッシュが判断するのとほぼ同時に、リーダーらしきグラサン男が飄々《ひょうひょう》と拳銃をこちらへ向けた。

「役者が揃ったようだな。お前たちをニューヨークまでお送りするぜぇ」

「……ケッ、大げさだな」

ポケットに手をつっこんで、アッシュは鼻で笑った。

「口の利き方に気をつけろよ、小僧！」

男は銃を持った手で、まだ回復しきっていない伊部の肩にもたれる。

「俊一！」

抵抗できない伊部を前に、マックスが動けなくなる。アッシュも舌打ちして男たちに従った。――が、マックスや伊部、ドースンが、普通に腕に拘束帯をはめられているというのに、自分だけが念入りに後ろ手に拘束帯をはめられたことに、アッシュは不平を訴える。

「おい、なんで俺だけ後ろなんだよ！　これじゃションベンもできねーよ！」

すると、グラサン男がアッシュのシャツを自分の銃でめくりあげる。

突然のことにアッシュも驚くが、そこで服の内側に挟んで隠していた拳銃の所在がバレてしまった。

「ほう……いいモチモノだな？　え？　小僧！」

男はそう言って拳銃を握り込み、抜き取ったそれでアッシュの頬を叩きつけた。さらに、そのまま床に倒れ込んだアッシュの腹へ思いきり蹴りを入れた。

身体を丸めて咳《せ》き込《こ》むアッシュを見て、すかさずマックスが叫ぶ。

「よせ！　殺す気か!?」

「そのお楽しみは、ムッシュウ・ゴルツィネが予約済みだ」

拘束されて抵抗もできないマックスと伊部は、悔しそうにアッシュを見つめる。

「……ところでマックス、あんたの女房はいい女だな」

グラサン男が、ニヤリと低劣な笑みをマックスに向けた。

その言葉の意味を即座に理解し、マックスの表情が険しくなる。

「――！　貴様が……ジェシカを！」

うすら笑いを浮かべる男に飛びかかろうとしたマックスは、すぐに銃で頭部を殴られて床へ沈み込んだ。

「ぐ……女房の仇《かたき》は、必ず取ってやるぞ……」

頭から血を流しながら、マックスはグラサンをかけた男を睨みつける。男は嘲るように鼻で笑った。

「……連れていけ」

部下らしき男たちが、数人がかりでアッシュたちを連れ出していく。

残った部下たちは、ドースンの屋敷にガソリンをまき、ありったけの資料をバッグにつめた。やがて、誰かが床に投げたタバコが火花を放ち、発火する。

階段を下りていたアッシュたちは、二階からの爆発音にとっさに振り返ったが、すぐに男たちに急きたてられて屋敷を出ることになる。

燃え上がる邸宅を見上げたドースンは、研究の成果が燃えてゆくさまにショックを受けているようだった。身体から心が抜けたように、地面にひざをついている。

ようやく摑んだ手がかりは、燃え上がる炎とともに消えてゆく。

アッシュたちの目の前で、すべては灰燼《かいじん》に帰してしまったのだ――。

――2巻へつづく

――本書のプロフィール――

本書は、テレビアニメ「BANANA FISH」のシナリオを元にした、書き下ろしのノベライズ作品です。

小学館文庫

BANANA FISH #1

著者 小笠原《おがさわら》みく
原作 吉田秋生《よしだあきみ》
脚本 瀬古浩司《せここうじ》
監修 Project BANANA FISH

二〇一八年十一月十一日　初版第一刷発行

発行人 岡 靖司
発行所 株式会社 小学館
〒一〇一-八〇〇一
東京都千代田区一ツ橋二-三-一
電話 編集〇三-三二三〇-五六一六
販売〇三-五二八一-三五五五
印刷所 ―――― 図書印刷株式会社

この文庫の詳しい内容はインターネットで24時間ご覧になれます。
小学館公式ホームページ　http://www.shogakukan.co.jp

Printed in Japan
ISBN978-4-09-406584-8